フィー（本名:??）
見目麗しい公爵家の吸血鬼。
蝙蝠や狼に変化することができる。
アデルに対しては甘く優しいが、
敵とみなした者には
容赦ない一面も。
アデル・ウェルチ
艶やかな赤髪の伯爵令嬢。
家族に虐げられ、婚約破棄され、
死のうとしている所を
吸血鬼に助けられる。
本来は愛情深く穏やかな性格。
死にたがり令嬢は吸血鬼に溺愛される
早瀬黒絵 イラスト 雲屋ゆきお

「君を愛してるよ。
そしてこの先もずっと
愛すると誓うから」

囁くような言葉だけど、しっかりと聞こえた。
あふれてくる涙が止まらない。
わたしを愛してくれる人がいる。
愛したいと思える人がいる。
……これからは、この人がわたしの家族……。

Contents

死にたがり令嬢は吸血鬼に溺愛される

Shinitagari reijo wa Kyuuketsuki ni Dekiai sareru

早瀬黒絵
イラスト 雲屋ゆきお

「どうせ死ぬなら、その人生、僕にくれない？」

目の前で、長く美しい銀髪がふわりと風に揺れる。

血のような、沈む直前の夕日のような、鮮烈な紅い瞳《ひとみ》に見つめられてハッとする。

こんな風に誰《だれ》かとまっすぐ目を合わせたのは久しぶりだった。

その視線が外れることはなく、手が伸びてきて、わたしの髪の一房を掬《すく》いあげた。

「僕、君に一目惚《ぼ》れしちゃったみたい」

……絶対に嘘《うそ》だ。

わたしよりも整った顔立ちの、目の前の人物がわたしに一目惚れなんてするはずがない。

「君、名前は？」

分かっているのに、その手を払うことが出来なかった。

まだ、心のどこかでわたしは『生きたい』と願っているのだろうか。

誰かが助けてくれるかもしれないと、思っているのだろうか。


そんな、夢物語みたいなこと、ありはしないのに。

婚約破棄

Chapter.1

どうして今日なのだろうと思った。

せめて昨日か明日であれば、ここまでわたしも傷付くことはなかっただろう。

ああ、またなのかと、諦《あきら》めて受け入れられた。

それなのに婚約者はよりにもよって、今日、そのことを告げたのだ。

「アデル、お前との婚約は破棄されることとなった」

そう言った彼の手には綺麗《きれい》な花束《はなたば》が抱かれていた。

柔らかなピンクの花は可愛《かわい》らしく、そして、それは彼の婚約者であるはずのわたしにはとても似合わないものだった。

デニス・フィアロン侯爵令息とは二年前に婚約した。

やや灰色がかった銀髪に暗い赤色の瞳《ひとみ》の、気の強そうな顔立ちの彼は外見通りやや強引《ごういん》なところはあるが、いつだって自信に満ちあふれていて輝いていた。

わたしが彼と婚約したのは、たまたまわたしが長女だったからに過ぎない。

そして、彼がわたしとの婚約をあまり良く思っていなかったことも気付いていた。

彼の目はいつも、わたしではなく、妹に向けられていた。

ティナ・ウェルチはわたしの双子の妹である。柔らかなピンクブロンドに淡い緑の瞳をした、華奢《きゃしゃ》で、可愛らしく、儚《はかな》げな見た目の妹・ティナは生まれた時から病弱だった。

そのため両親も兄も、ティナのことばかり気にかけていた。

双子の姉であるわたしは健康で、だからいつも、後回し。

ティナが風邪を引けば、誕生日はなかったことになる。

ティナが体調を崩せば、両親は夜会や茶会を休み、付きっきりで妹を看病した。

次期伯爵となる兄も勉強や社交で忙しいはずなのに、ティナのこととなると、何を放り出しても駆けつける。使用人達もティナが寝込むととても心配した。

明るくて、優しくて、純粋で、可愛らしい病弱な妹。

でも、少しだけ我が儘なティナ。あの子はいつもわたしのものを欲しがった。

誕生日にお父様からもらったヌイグルミも、お兄様からもらったネックレスも、お母様からもらった靴も。ティナだって同じようなものをもらっているのに、わたしのものを欲しがり、わたしが嫌がるとティナは大泣きする。元より体の弱い子だから泣くと体調を崩して寝込んでしまう。

そうすると、両親も兄もわたしを責める。

姉なのだから、あなたは健康なのだから、可哀想《かわいそう》なティナに、双子の妹に譲ってあげなさい。

使用人達すらわたしを「心が狭い」と陰で囁《ささや》いた。

誕生日にもらったものも、気に入って買ったものも、ほとんどティナに持って行かれてしまったというのに、いつだって双子の妹は「お姉様はずるい」と言う。

姉妹と言っても、生まれた時間なんて数分の差なのに。

誰《だれ》もがティナを天使のようだと誉《ほ》め讃《たた》える。

そして、お父様やお祖父様と同じ、燃えるような赤い髪に濃い緑の瞳の、気の強そうな顔立ちのわたしを悪者扱いする。

ティナの友人だという令嬢には「あなたがティナの健康を奪ったのね」と詰《なじ》られた。

ティナの友人だという令息には「ティナ嬢を虐《いじ》めるなんて双子の姉妹なのに最低だ」と吐き捨てられた。

……あの子を虐めたことなんて一度もないのに。

いつの間にか社交界では、わたしは『病弱な双子の妹を虐《しいた》げる性格の悪い姉』と囁かれるようになり、その噂が広まってから、両親と兄の態度はよりいっそう冷たくなった。

家族なのに、ティナの言動を知っているはずなのに、両親も兄もまるで噂こそが真実であるかのようにわたしに接した。

わたしを守り、慈《いつく》しんでくれた唯一の味方だった祖父もわたしが十歳の時に亡くなった。

それから七年、いや、今日で八年。わたしは家族の中でも社交界でも孤立していた。

デニスはすぐに噂を信じたのだろう。

最初から、わたしに対して冷たい人だった。それでも、いつかは結婚して侯爵家に嫁入りし、この家から、家族から——……ティナから離れられると思っていた。

でも、それは全《すべ》て叶《かな》わない夢であったのだ。

「どうして……？」

訊き返したわたしの声は震えていた。

だけどデニスは興味がなさそうだった。

「ティナが妊娠した」

俺《おれ》の子だ、とデニスが続ける。

デニスとティナの関係は薄々気付いていていたが、こうして面と向かって言われると衝撃的だった。

……婚約者がありながら、その婚約者の妹に手を出すなんて……。

常識的に考えれば最低な行いである。それなのにデニスは全く悪いと思っていなさそうで、むしろ、悪役はお前だというようにわたしを忌々《いまいま》しげに見る。

「既に両家の合意でお前との婚約は破棄された。そして今日、ティナと俺の婚約が改めて結ばれた」

その手にある花束を渡す相手はティナなのだろう。

「三ヶ月後に結婚式を挙げる」

ティナのお腹《なか》が大きくなって目立ってしまう前に式を挙げて、子供が生まれても、早産ということにするつもりなのだ。

そういうことが貴族の間でないわけではない。婚約者同士や恋人同士で肌を重ね、妊娠してしまい、慌てて結婚式を挙げるというのは実はたまにある。

ただ、気付いていても誰も指摘しないだけだ。

「……そう」

両家の合意の上でわたしとデニスの婚約は破棄され、ティナとデニスの婚約が結ばれた。

侯爵家に嫁ぐのはティナだ。

……わたしは婚約破棄された傷物ね。

きっと、まともなところには嫁げないだろう。

十八歳のわたしは結婚適齢期だけれど年齢のつり合う人は大体、婚約しているはずだ。もし結婚するとしても、結婚適齢期なのに結婚していない何らかの問題のある人か、どこかの貴族か豪商のくらいでも、後妻という立ち位置になるだろう。幸せな結婚など望めない。

そんなこと、ティナもデニスも気にしないだろう。

気にする価値もないと考えているのかもしれない。

……そんな誰かと結婚をするくらいなら死んだほうがいい。そうすればもう、苦しまなくて済む。

「……ティナとお幸せに」

何とか、それだけは搾《しぼ》り出せた。

その後の記憶はなく、気付けば、わたしは墓地にいた。

いつも行く教会の敷地にある場所で、ここにはお祖父様のお墓がある。

夕焼け空の下、わたしはお祖父様の眠るお墓の前に座り込んで、ナイフを握り締めていた。

お祖父様が趣味で集めていたナイフの一つで、亡くなった時に形見として分けてもらった。

冷たい風が吹き抜ける。

「……お祖父様、わたし、頑張りました」

お祖父様が亡くなり、味方を失ってから八年。わたしなりに努力した。

友人を増やそうと社交にも力を入れたし、出来るだけ優しく振る舞って噂を消そうとしたし、ティナの我が儘だって受け入れてきた。でも、誰もわたしを見てくれることはなかった。

わたしの侍女は「ハズレ」だと言われ、ティナの侍女は「アタリ」と言われた。

「でも、もう、疲れました……」

わたしを愛して、慈しんでくれた祖父がいない。

わたしを見てくれる人のいない世界に生きている意味など、あるのだろうか。

手の中にあるナイフだけが希望のように思えた。

ナイフをしっかりと握り締める。

「お祖父様、今、いきます」

お祖父様はきっとわたしを叱るだろう。

でもすぐに優しく抱き締めてくれるだろう。

……ああ、あの温《ぬく》もりが懐かしい。

ナイフを首に向かって突き立てた。

けれども、それはわたしの首には届かなかった。痛みや苦しみを覚悟していたのに、それが訪れず、目を開けば、ナイフを持つわたしの手に誰かの手が重ねられている。

その手を辿《たど》れば、そこには吸血鬼が立っていた。

美しい銀髪に鮮やかな紅い瞳を持つ、非常に整った顔立ちの青年がわたしを見下ろしている。

「どうせ死ぬなら、その人生、僕にくれない？」

しばし、呆然《ぼうぜん》とその吸血鬼を見つめた。

……どうして、吸血鬼がここにいるの？

吸血鬼は人間よりも上位の存在だ。美しい銀髪と紅い瞳、人間よりもずっと整った外見、尖《とが》った耳が特徴で、この大陸に存在する国全ての王族は吸血鬼であった。

例に漏《も》れず、この国の王族、そして四大公爵家も吸血鬼だ。

吸血鬼は長命で、身体能力が高く、人間にはない能力を多く有しており、美しく、吸血によって人間を吸血鬼へ変化させることも出来るらしい。

貴族であっても人間に過ぎないわたし達にとっては雲の上の存在である。

伯爵家でしかないわたしが吸血鬼の血を引く混血種《ダンピール》のデニス、いや、フィアロン侯爵令息と婚約出来ていたのはとても幸運なことだった。

吸血鬼の血筋を引くことは誇らしいことなのだ。

フィアロン侯爵家は何代か前に、やはり混血種《ダンピール》と結婚して、その血を手に入れることが出来たのだという。

デニスはその血が濃く出ており、やや灰色がかった銀髪や暗い赤色の瞳、やや尖った耳は吸血鬼の血を引いていることを窺《うかが》わせる。婚約していた時はデニスの髪や瞳を美しいと思っていた。

だが、今は違う。

目の前にいる人物の髪や瞳のほうがずっと美しい。

まるで芸術品かと思うほど整った顔立ちも美しい。

鮮烈な紅い瞳に見つめられてハッとする。

こんな風に誰かとまっすぐ目を合わせたのは久しぶりで、酷《ひど》く落ち着かないのに、目が離せない。

ナイフを摑《つか》んでいないほうの手が伸びてきて、わたしの髪の一房を掬《すく》いあげた。

「僕、君に一目惚《ぼ》れしちゃったみたい」

絶対に噓《うそ》だ、と思った。

上位の存在である吸血鬼が、人間のわたしなんかに一目惚れなんてするはずがない。

「君、名前は?」

柔らかな声が降ってくる。噓だと分かっているのに、その手を払うことが出来なかった。

心のどこかでわたしは『生きたい』と願っていて、誰かが助けてくれるかもしれないと期待しているのだろうか。

そんな夢物語みたいなこと、ありはしないのに。

「……アデル」

気付けば、名乗っていた。

目の前の吸血鬼が嬉《うれ》しそうに微笑んだ。

「アデル、良い名前だね。誰がつけてくれたの?」

「……お祖父様です。ここに、眠っています」

「そうなんだ」

吸血鬼の手がわたしの髪と手から離れていく。

そして、わたしの横に座った。

「ねえ、アデル、死なないで」

期待をすれば、傷付くだけだと知っている。

……ああ、なんてわたしは浅ましいのかしら……。

それでも柔らかな声に縋《すが》ってしまいそうになる。

「君が死んだら、僕は悲しい」

そんなありきたりな言葉に俯《うつむ》いてしまう。

泣きたいのに涙は出なかった。

いつの頃からか、つらくても、悲しくても、苦しくても、泣くことが出来なくなっていた。

「どうして死にたいの？」

わたしが死のうとしたことを否定も肯定もしない。

まるで天気の話でもしているかのような軽い口調だ。

……他人に話せることじゃない。

黙ったわたしに吸血鬼は何も言わなかった。

代わりに、そっと手を握られた。デニスと婚約している間ですら、エスコート以外で触れ合うことがなかったので驚いたが、やっぱり振り払えない。

こうして誰かの温もりをはっきりと感じるのは久しぶりだったから。

「僕のことは――……。そうだね、フィーって呼んで?」

少し、期待するような視線を向けられたが、呼ぶ気にはなれなかった。

名前を呼ぶというのは相手の存在を認めることでもある。名前を呼ぶことでその存在はわたしの中に強く残り、それはわたしをやがて苦しめるだろう。今までのように。

黙ったままのわたしに吸血鬼が困ったように微笑んだ。

「ごめんね、急過ぎたよね」

無理に呼ばなくていいよ、と言う。

わたしはすぐにまた顔を伏せた。

「そろそろ帰ったほうがいいよ」

……帰りたくない。

帰っても、どうせ、あの家にわたしの居場所はない。

吸血鬼がギュッとわたしの手を握った。

「ほら、こんな場所にいるから体が冷えちゃってる」

手を引かれて立たされ、ドレスの汚れを払われる。

墓地の外まで連れ出されると、質素な馬車に乗せられ、吸血鬼が手を離す。

「これだけは覚えていて。僕は君の味方で、君が望めばいつだって僕と会えるから」

訊き返す前に馬車の扉が閉められる。

そして、馬車が動き出した。どこに行くのかと不安になったが、車窓を眺めれば、馬車はわたしの家のある方向に走り出していた。街を通り、ほどなくして馬車は我が家に到着した。

馬車から降りると御者らしき黒ずくめの男性が小さく会釈をしたので、同じように返すと、馬車は元来た道を戻っていく。

吹き抜ける風が冷たい。

気付けば、わたしの手にあったはずのナイフはなくなっていた。

……お祖父様の形見なのに……。

あの吸血鬼が持って行ってしまったのだろうか。

馬車の消えた方向を見ても、どうしようもない。

きっと、これから、憂鬱《ゆううつ》な気持ちになる。

そう分かっていても他に行く当てもない。

思わず開きかけた唇を噛《か》み締《し》める。

……無駄な期待はやめよう。

誰も助けてはくれないのだから。

溜《た》め息《いき》を吐き、わたしは家の門を潜《くぐ》ったのだった。

屋敷の中に入るけれど出迎えはない。

わたしが出かけていたことを知る者なんて、誰《だれ》もいないのかもしれない。

自室へ歩いている間も誰とも会うことはなかった。

家中に明るい色合いの花が飾られている。

いつもよりどこか華やかで明るい雰囲気なのは、きっと、今日がティナの誕生日だからだろう。

……わたしの誕生日でもあるのに。

両親も兄も、使用人達も、ティナの誕生日を祝う。

わたしに「おめでとう」と声をかけてくれなくなったのは、いつからだったか、それももう覚えていない。気付いたら誰からも言われなくなっていた。

病弱なティナが無事誕生日を迎えられたということが嬉《うれ》しいのは分かる。

風邪ですら命取りになると医者に言われ、やりたいことも出来ず、ティナ自身も我慢することが多く、毎年誕生日を迎える度に両親や兄がホッとしているのも知っている。

噂を鵜呑《うの》みにした両親や兄達がわたしの誕生日を祝う気がないことも、嫌でも理解している。

それでも気にかけてほしかった。

もう何年も誕生日の贈り物をもらっていない。

昔はそれでももう少し、わたしへの関心があった。

でも、お祖父様が死んで以降、誕生日の贈り物はなくなった。思えば、それくらいの時期にティナが社交を行うようになり、わたしに関する悪い噂が立つようになった。

……ううん、本当は知っていたわ。

ティナがわたしを悪役に仕立て上げている。

だけど、わたしはティナを許していた。体が弱いせいで毎日不味《まず》い薬を飲んで、庭を駆け回ることも出来なくて、季節の変わり目には体調を崩し、風邪一つが命に関《かか》わる。

それでも同じ時に生まれた片割れだから。わたしの双子の妹だから。

苛立《いらだ》ちや不安を発散させるためにそうしているのかもしれないと思うと、どうしても怒ることが出来なかった。ティナの命に比べたら物くらいどうということはない。ティナが大泣きして寝込めば周りから責められるというのもあったが、幼い頃はわたしだってティナを愛していた。

しかしティナはそうではないのだろう。

婚約者を奪われて、ようやく気付くなんて愚かな話だと自嘲が漏《も》れる。

自室に戻っても、メイド一人やってこない。

そもそもわたしには侍女がいない。前はいたけれど、誰もが「ハズレを引いた」と言うので、望み通り侍女から外して、今は誰もそばに置いていない。

代わりにティナのそばにはいつだって侍女が数名いる。

わたしには交代でメイドがつくだけ。それも呼ばなければ来ることはない。

……それもそうよね。

現伯爵夫妻からも、次期伯爵からも愛想を尽かされたわたしに仕えたところで、良いことなど何もないのだ。伯爵家で愛されているティナに仕えるほうが明らかにいい。

ベッドへ寝転がり、目を閉じる。

……お祖父様……。

亡くなってからもう八年も経《た》つのに恋しくなる。

あの優しい、慈愛に満ちた声を思い出す。

毎年、お祖父様はわたしの誕生日を祝ってくれた。

『私の可愛《かわい》いアデル、誕生日おめでとう』

お前が生まれてきてくれて嬉しいよ、と大きな手がわたしの頭を撫でてくれた。

その温《ぬく》もりを思い出そうとして、ふと、自分の手を見つめた。

……あの吸血鬼様の手も大きくて温かかった。

今年の誕生日の特別なことは、きっとそれだけだ。

＊　＊　＊　＊　＊

ゴンゴン、と乱暴なノックの音に目が覚める。

あのまま転寝《うたたね》をしてしまったらしい。

ベッドから起き上がり、少し乱れてしまったドレスや髪を手で整えながら扉に向かう。

扉を開ければわたしが幼い頃からいる、古参のメイドが立っていた。

「夕食のお時間です。もう皆様揃《そろ》っております」

どこか責めるような響きの言葉だった。ティナの誕生日にわたしを呼ばなければいけないことへの不満か、それとも、皆を待たせているわたしへの不満か。返事も聞かずにメイドは去っていった。

一度扉を閉めて、鏡の前で乱れがないか確認する。

……行きたくない。

でも、このまま行かなくても責められる。

どうせ行ったところでわたしの居場所なんてないのに。

部屋を出て、食堂へ向かう。廊下に飾ってあるピンクや黄色、水色などの明るい色合いの花はティナには似合うだろうが、わたしには似合わない。

今、この屋敷を飾っているものは全《すべ》てティナのため。

そう思うと胃の辺りがキリキリと痛む。

食堂に着き、扉を開ければ、両親と兄、ティナがいた。

「遅い」

父が言い、母と兄が非難の目をわたしへ向ける。

「お父様、怒らないで。お姉様もお忙しい身ですから」

ティナが可愛らしい声で言う。

それだけで両親と兄の表情が和らいだ。

「まったく、ティナは優し過ぎる」

兄が苦笑し、母が横に座るティナの頭を優しく撫でる。

「あなたは良い子に育ってくれて嬉しいわ」

それはわたしへの当てつけか。

いや、母は本気でそう思っているのだろう。

「……申し訳ありません」

わたしの謝罪なんてもう誰にも届いていない。

両親と兄とティナの四人が楽しげに話している。

席についても出てくる料理はティナの好きなものばかりで、わたしの好きなものは一つもなく、食欲は湧《わ》かなかった。もしかしたら料理人はわたしの好きな料理を知らないのかもしれない。

「ティナも十八になり、結婚出来る年齢になったのか」

「しかもお相手はフィアロン侯爵令息ですものね」

「彼にならティナを任せてもいい」

両親と兄の言葉に吐き気がしてくる。そのフィアロン侯爵令息はわたしと婚約し、ティナとは浮気《うわき》関係にあり、ティナが奪ったことは知っているはずなのに。

「まあ、順序が逆になったことは少々気にかかるが、ティナが幸せならそれでいい」

父の言葉にティナが気恥ずかしそうに微笑んだ。

「ごめんなさい。でも、嬉しいの。ここにデニス様とわたしのお子がいるなんて、夢みたい」

ティナが幸せそうに微笑みながら自身の腹部を撫でる。わたしのことなんていないみたいに、わたしとフィアロン侯爵令息との婚約などなかったかのように、誰もが振る舞う。

……ああ、やっぱり、そうなのね。

この人達にとって、わたしは家族ではない。この人達は血の繋《つな》がった他人なのだ。

吐き気が抑えられなくなって席を立つ。食事には一口も手をつけられなかったが、わたしが席を立っても、誰も何も言わなかった。食堂を出て自室へ戻る。

どうせ、今年も誕生日の贈り物はないのだろう。お祖父様が亡くなってから、両親も兄も、わたしの誕生日の贈り物を考えることをやめてしまった。

昔は執事が「欲しいものはございますか」と訊いてきたが、今は訊かれることもなくなった。

最初は気にかけてほしくて「何もいらない」と答えていたが、両親も兄も、わたしを気にかけてくれることはなかった。

それにもらってもティナに欲しがられるだけだ。毎年「いらない」と答えているうちに質問すらされなくなり、今では、誕生日はただ不愉快さを我慢するだけの日に変わった。

自室に戻っても部屋は暗いままだった。燭台に火をつける気力も起きない。

食事から遠ざかったからか吐き気は落ち着いた。

開けっぱなしのカーテンの間から、月明かりが差し込んで、室内をうっすらと照らしている。

……やっぱり今日死のう。

今日はわたしの誕生日であり、ティナの誕生日でもある。

今日死ねば、少しはティナや家族への当てつけになるかもしれない。

何をしたところで悪く言われるのなら、いっそ、本当に悪いことをしても良いのではないか。

ベッドの飾り紐《ひも》に手を伸ばす。そこそこ太くて、頑丈で、長さもある。

ベッドからそれを外し、解けないようにしっかりと結んで片方に頭が通るくらいの輪を作る。

バルコニーへ出て、紐の輪になっていないもう片方をぐるぐると柵《さく》へ括《くく》りつけた。

そうして輪に頭を通して紐を首にかける。

……あとは飛び降りるだけ。

痛いかもしれない。苦しいかもしれない。でも、それは一瞬のことだ。

この先の人生に待ち受ける苦痛に比べたら、一瞬の苦痛なんて恐ろしくない。

バルコニーの柵に手をかけた瞬間、目の前に何かが飛び出してきた。

『うわ、待って待って⁉』

それは掌に乗るくらいの小さな黒い蝙蝠《こうもり》だった。

わたしの目線に合わせるように、その蝙蝠が空中でぱたぱたと羽ばたいて、飛び降りようとしたわたしの邪魔をする。

『ああ、ビックリした。少し目を離した隙に死のうとするなんて、アデルは行動力があるね』

蝙蝠から聞こえてくる声に驚いた。男性にしては少し高くて、柔らかい、お祖父様のお墓で出会ったあの吸血鬼の声だとすぐに分かった。

まさか蝙蝠が喋《しゃべ》ると思わなくて、まじまじと見てしまう。

小さな蝙蝠はわたしの肩へと着地した。

「その声、もしかしてあなたは、夕方の……」

『そう、フィーだよ。覚えていてくれて嬉しいなあ』

蝙蝠がわたしの頬《ほお》にすり寄ってくる。

「吸血鬼様はこんな能力もあるんですね。どんな動物も使役出来るのですか？」

『多分、アデルの考えている使役とは違うかな。この蝙蝠はあくまで僕の一部だよ。吸血鬼は自分の体から眷属《けんぞく》を生み出し、それを使って遠くのものでも見聞きすることが出来る。この蝙蝠は本物ではないよ』

「そうなんですね」

そっと蝙蝠の頭に触れると、温かかった。体温があるのに本物ではないのが不思議だった。

そのまま何となく蝙蝠の頭を指で撫でると、甘えるように頭をこすりつけてくるのが可愛かった。

『アデル、つらかったね』

吸血鬼の柔らかな声がする。

『心配で君の影にこの蝙蝠を潜ませていたけど、何あのクソ野郎ども。君のことをずっと無視して、とても家族とは思えないね』

夕方に出会った吸血鬼の姿を思い出して「くそやろう……」とその言葉を復唱してしまう。

あんなに整った美しい外見なのに意外と口が悪いらしい。

わたしが真似をしたからか、蝙蝠が慌てたように羽を動かした。

『あ、こらこら、アデルはそんな汚い言葉使っちゃダメだよ』

「あなたはいいんですか？」

『僕はいいの。それより、アデル、君の家族はいつもあんなふうなのかい？』

話題を変えるように訊き返されて頷《うなず》いた。

「はい、あれがいつも通りです」

『……君がこの家でどう扱われているか訊いてもいい？』

わたしはバルコニーの柵に座った。

首に縄がかかったままなので、後ろへ倒れるだけで首を吊って死ねるだろう。

だけど、今は少しだけ、死ぬのは後にしようと思えた。

本当は誰かに話したかったのかもしれない。

わたしがどれほど苦しんでいるのか、わたしがどれほど悲しかったのか、聞いてほしかった。

今日、婚約破棄されたことに始まり、双子の妹ティナのこと、ティナの我が儘のこと、噂のこと、両親や兄や使用人達のこと、亡くなったお祖父様だけが唯一わたしを愛してくれたこと。

かいつまんで話したつもりだけど、気付けば、最初に見た時よりもだいぶ月が傾いていた。

話している間、吸血鬼は一度もわたしの言葉を否定せず、丁寧に相槌を打って聞いてくれた。

話を終えた後、吸血鬼は言った。

『やっぱりクソじゃん。君の家族も、その元婚約者も。むしろそんな最低な奴《やつ》と結婚しなくて良かったね』

不思議とその言葉はストンとわたしの中に入った。

……そう、そうね、これで良かったのかも。

爵位が上で、吸血鬼の血を引いていて、見目が良くても、婚約者の妹に手を出すような男だ。

ティナが相手でなかったとしても、いずれは浮気していただろうし、結婚後に不倫されるくらいなら別れたほうがいい。

少しだけ心が軽くなる。

「……そうですね」

愛されないまま結婚して嘆くよりずっといい。

蝙蝠がわたしの頬に体を寄せる。

『心配しないで、アデル。そんな家族と一緒にいる必要はない。僕が迎えに行くよ』

「え？　迎えって……。どういう意味ですか？」

蝙蝠を見れば、つぶらな紅い瞳《ひとみ》に見つめ返される。

……あ、同じ色だ……。

夕方に出会ったあの吸血鬼の瞳と同じ鮮烈な紅は、月明かりの下でも綺麗《きれい》だった。

『あの時言ったのは嘘《うそ》じゃないよ』

蝙蝠が飛び、目の前でぐにゃりと歪《ゆが》む。それは一瞬で、蝙蝠の体が黒い霧のように広がると、バルコニーの柵に座るわたしの前に人影が現れた。艶《つや》やかな長い銀髪に紅い瞳をもつ美しい吸血鬼。

「君の人生を僕にちょうだい」

跪《ひざまず》いた吸血鬼がわたしの手を取り、甲に口付ける。

「ねえ、アデル、僕と結婚して？」

わたしを見上げ、吸血鬼が美しく微笑んだ。

「あなたと結婚は出来ません。……わたしは社交界で悪い噂があって、だから、もしわたしと結婚すれば、噂のせいであなたまで社交界で悪く言われてしまいます」

すぐに「はい」と答えられない女なんて可愛くないだろう。

けれど、吸血鬼は目を瞬かせて小首を傾げた。

「そうなの？　さっき言ってた噂ってそんなに酷いの？」

「『病弱な双子の妹を虐《しいた》げる姉』と言われています」

「何それ、あれを見た限りじゃあ君は『家族から冷遇されている可哀想《かわいそう》な御令嬢』だと思うけど。あの君の妹、絶対、性格が良くなさそうだったのに、みんな見る目ないね」

呆《あき》れた様子で吸血鬼は言う。

だが、すぐに吸血鬼はわたしの手を優しく握った。

「僕は浮気なんて大嫌いだし、そういうこと出来るほど多分器用じゃないし、それなりに地位は高いからアデルに不自由な暮らしなんてさせないよ。アデルが望んでくれるなら、この家から出て僕と一緒にいてほしい」

……本当に信じてもいいのだろうか。

わたしも、この家から出たいと思っている。ずっとそう思っていた。血が繋がっているからといって愛情をもらえるとは限らないし、家族だから、何をしても許されるわけではない。

わたしだって愛してほしかった。

ティナを呼ぶように、わたしの名前も愛《いと》おしげに呼んで、抱き締めてほしかった。

そんな家族として当たり前のことを求めていただけなのに、それすらなくて、苦しくて、悲しくて、つらくて、寂《さび》しくて、腹立たしくて。それでも愛してほしくて。

だけどもう、諦《あきら》めているわたしもいた。

「わたしのこと、捨てませんか？」

「捨てないよ」

吸血鬼は即答した。

「こう見えて僕は一途《いちず》なんだ」

跪いたまま胸を張る姿が少しおかしかった。

あ、と吸血鬼が何かに気付いた様子で小さく声を漏らした。

「でも、君にも僕を愛する努力は少しだけ、してほしいかも」

……正直な人だ。

だからか、わたしも正直に言えた。

「わたしは弱いです。今後も消えたいと思うことがあります。そして、死のうとするでしょう」

「ごめんね、僕はそれを止めるよ。アデルにはそばにいてほしいから、僕の我が儘で、君を生かす」

我が儘と言われたのに全く嫌な気分にはならなかった。

ティナの我が儘と、この吸血鬼の我が儘は違う。

目を閉じてもう一度考える。

……お祖父様、この人を信じてもいいですか？

「僕の可愛いアデル、僕と結婚してください」

ハッと目を開ければ、吸血鬼が微笑んでいる。

……その呼び方はお祖父様と同じ……。

返事をする前にポンッと軽い音がして、吸血鬼の姿が小さな黒い蝙蝠に戻ってしまった。

『あ……』と蝙蝠が残念そうな声を漏らした。

『これだと小さすぎて長く姿を保っていられないんだ』

また、蝙蝠が肩にとまる。

「吸血鬼様」

『うん？』

「この家から連れ出してください」

結婚の了承というには曖昧な言葉だった。

信じたい気持ちと信じられない気持ちとがせめぎ合って、わたし自身もどうしたいのか分からなかったけれど、この正直な吸血鬼と話す時間は心穏やかになれる。

吸血鬼が微《かす》かに笑う気配がした。
『喜んで。三日後、迎えに行くよ』
たとえ嘘だったとしても、その言葉が嬉しかった。

彼女を見た瞬間に感じたのは、懐かしさだった。

僕は吸血鬼の純血種で、混血種《ダンピール》よりも、人間よりも、ずっと寿命が長い。

多少の個体差はあれども純血種は千年、二千年は余裕で生きる上に、年齢を重ねてもあまり老いることはない。かく言う僕自身、生まれてから三百年近く生きている。

けれども僕は人間が好きだった。

短い人生の中で精一杯毎日を生きて、年老いて、人生を背負った姿で死んでいく。

そういうところが人間は美しいと思う。だから人間の友人は昔から多かった。

元々、吸血鬼自体、あまり数が多いわけではない。寿命が長い分、子が生まれにくいという欠点があり、純血種同士となればそれこそ一夫婦の間に生まれる子供は一人か二人いれば良いほうだ。

僕は人間の友人とばかり関《かか》わっていた。

相手は僕の姿を見ればすぐに吸血鬼だと分かる。地位や権力、見目の良さに釣られて近付いてくる者もいたけれど、そういった者と親しくすることはなかった。

友人の中でも彼のことは特に覚えている。

やや癖毛《くせげ》の、燃えるような赤い髪に、深い森のような濃い緑の瞳《ひとみ》をした、気の強い男だった。

彼と出会ったのは、彼が二十代くらいの頃で、夜に家を抜け出して街の酒場に行っていた。

昼間に会うことはなかったが、いつも、同じ店で大体決まった時間に行くと、彼はやって来た。

付き合うきっかけになったのは酒場でやっていたゲームだった。トランプを使った遊びで、酒場にくる男達は酒を飲みながら、その日の酒代をかけてゲームをして過ごしたようだ。

偶然、店に入った僕はそれに参加させてもらったのだ。

「僕はイアン」

「私はエドだ。ゲームは初めてか？」

「うん、お手柔らかに」

結果は惨敗。有り金全部、酒代に消えた。でも悪い気は全くしなかった。

最初、彼はとても強くて、僕は負けてばかりだった。でも教えてもらううちに、段々と慣れてきて、彼を負かすことが増えてくると、彼は怒るどころか喜んでいた。

気が強くて、負けん気も強くて、曲がったことが大嫌いで、でもそれらと同じくらい優しくて気持ちの良い男だった。

毎日会っていたわけではない。だけど会えば必ず一緒に酒を飲む。そんな酒飲み仲間だった。

彼が伯爵家の息子だということは他の者からこっそり教えてもらった。貴族の令息がこんな街の酒場にいるなんてと思ったけれど、僕も似たようなものだったので、指摘しなかったし、他の人達も僕についてあれこれ言うことはなかった。

酒場にいる男達は気の良い者ばかりだった。

吸血鬼の僕に対して普通に接してくる。それが僕には楽しくて、心地好かった。

そうして一年、二年と時を重ねた。彼は妻を娶《めと》り、父親から爵位を譲り受け、夜に見かける回数は減った。貴族の社交が忙しかったのだろう。

しかし時々ふらっと現れては共に酒を飲み、騒ぎ、遊んで、そして帰っていった。

しばらくして、彼はまた酒場へ通うようになった。

「息子に爵位を譲った」

これでまたここで自由に騒げる、と喜んでいた。

けれど数年経《た》つと、彼の来る回数がまた減った。

訊くと、彼は困ったような顔をした。

「いや、孫のことがちょっと気にかかってな」

そう言葉を濁しながらも彼は話した。

どうやら息子夫婦の間に双子の娘が生まれたのだが、片方が病弱で、両親がそちらに付きっきりになり、もう片方の子供が若干放置気味になっているらしい。

彼が注意して、息子夫婦はすぐにもう片方の子にも気を回すようになったが、彼は納得していないようだ。息子夫婦がその子を放置してしまうため、彼は、その子を心配してそばにいるのだとか。

「その孫がまた、私に似て、綺麗《きれい》な赤い髪に濃い緑の目をしていてな、笑うと本当に可愛《かわい》くてなあ。あれは将来美人になる」

「孫馬鹿《ばか》だねえ」

そう言えば、彼が笑った。

「そうかもしれん。……なあ、イアン」

彼が僕をまっすぐに見た。

「お前、うちの孫を娶る気はないか？」

「はあ⁉」

突然の言葉に僕は持っていたトランプを落としてしまい、その間に彼が勝ってしまった。

「ちょっと、そういう冗談は酷《ひど》くない？」

しかし彼は笑ったまま言った。

「冗談じゃないんだがな」

それ以上、彼は結婚を勧めてくることはなかった。

ただ孫のことを話す回数は増えた。彼は孫を「私の可愛いアデル」と呼んだ。

とても愛《いと》おしそうに、大事そうに呼ぶ姿から、孫への愛情を感じた。

彼があんまり孫の話をするものだから、その名前を覚えてしまったくらいだ。

その後、そろそろ結婚したらどうかと兄にせっつかれ、それが嫌になって、しばらく国を出て周辺国を旅して回っていた。ほんの数年、ふらっと旅に出るつもりだった。

でも、その間に彼は亡くなってしまった。

実は、僕が旅に出る少し前くらいから病を患《わずら》っていたらしく、彼はそれを友人にも、家族にも隠していたそうだ。そのことを知ったのは、国に帰ってきてからだった。

彼の友人であり、昔からの飲み仲間の一人にそれを教えてもらった時には、彼が亡くなってから八年も経っていた。

……また、エドと話したかった。

僕にとって彼は大切な友人で、周辺国を巡って帰ってきた暁には彼と酒を酌み交わしながら土産話をしようと思っていたのに、彼はもう会えないところへ逝《い》ってしまった。

せめて帰国の挨拶《あいさつ》と、病を隠していたこと、先に逝ってしまったことに対する文句を言いたかった。

もし病について教えてくれていたら、僕はきっと旅に出ることもなかっただろう。

彼と過ごす時間をもっと増やし、大事にしただろう。

だけど、同時に分かってしまった。彼は本当に負けん気が強くて、そして意固地な部分があったから、友人にも家族にも、弱っていることを知られたくなかったのだ。

彼の好きだった赤いバラの花束《はなたば》を持って、教会へ向かった。

彼の眠る墓があるという、さほど大きくはない教会だ。

周りを木々に囲まれて、静かで、どこか物悲しい気持ちになる。

夕焼けで全《すべ》てがオレンジ色に染められている世界の中、彼女がそこにいた。

一つの墓の前に座り込み、やや俯《うつむ》いた横顔は虚《うつ》ろな、けれど服装からしてどこかの貴族の御令嬢だと気付いた。

「……お祖父様、今、いきます」

そんな呟《つぶや》きが聞こえた。落ち着いた声だった。

その御令嬢がふっと微笑んだ。

諦《あきら》めたように、傷付いたように、安堵《あんど》するように。虚ろな表情で微笑み、目を閉じた。

オレンジの世界でも判別出来るほど鮮やかな赤い髪には見覚えがあった。彼とよく似た燃える炎みたいな綺麗な色。吸血鬼の、僕の瞳より明るく温かみのある赤。

御令嬢が手に握ったものを首へ突き立てようとする。

それがナイフだと気付いた時には、その細い手首を摑《つか》んでいた。エドの墓に供えるために持ってきていたバラの花束も放り出して、かなり焦《あせ》っていたのかもしれない。

驚いた様子で見開かれた瞳は濃い緑色だ。気の強そうな顔立ちに、意志の強そうな瞳、可愛いというよりは美人というほうが似合う、凜《りん》とした年頃の娘。

足元の墓を見て、ああ、と理解した。

……この子が、彼の可愛いアデル。

彼がどうして赤いバラを好んでいたのか分かった。きっと、この孫に似合うからだろう。

「どうせ死ぬなら、その人生、僕にくれない？」

彼女の笑顔を見てみたいと思った。彼が言っていた『明るい笑顔』を浮かべた彼女は、確かに、きっと大輪のバラが咲き誇るように美しいのだろう。

彼の言葉通りになるのは少し微妙な気持ちではあるものの、彼はとても、僕のことを理解していたらしい。彼女を見た瞬間、凜としながらも硝子のように透明な雰囲気に心惹《ひ》かれてしまった。

「僕、君に一目惚《ぼ》れしちゃったみたい」

……そして僕と同じ色に染めたい。

吸血鬼は傲慢《ごうまん》で、強欲なのだ。

「兄上、結婚したい人がいるんだけど」

彼女、アデルから了承を得て、すぐに兄の部屋を訪ねた。

同じ屋敷に住んでいる兄はこの国の四大公爵家の一つ、ナイトレイ公爵家の現当主である。

僕と同じ純血種の吸血鬼なので、銀髪に紅い瞳をしている。兄の妻である義姉《ねえ》さんも純血種だが、今はその話は置いておくとしよう。

兄は突然そう言い出した僕に驚いた顔をした。

「お前は結婚を嫌がっていなかったか？」

訊き返されて僕は首を振った。

「別に結婚は嫌じゃないよ。ただ、好きでもない相手と結婚するのが嫌ってだけで」

「なるほど。それで、好きな相手を見つけたと？」

「うん、好きというより『そばにいてほしい相手』かもしれない」

吸血鬼だから、人間の友人達が先に死んでしまうのは仕方がないと納得している。

それでも、欲しいと思った。僕自身もどうしてそこまで望んでいるのか分からないが、彼女の諦めたような笑みを見た時、僕の心臓が高鳴った。

……明るい笑顔を見たい。彼女に触れてみたい。

「彼女が年老いて死んじゃうのは嫌だな。僕のそばで、笑顔でいてほしい。それに彼女が僕と同じ色を纏《まと》うことを許してくれたら、きっと、凄く綺麗だ」

僕の言葉に兄が苦笑した。

「お前は先祖返りで始祖の血が濃く出ているとは思っていたが、どうやら性《さが》まで吸血鬼そのものらしい」

「どういうこと？」

「私達の始祖、原初の吸血鬼《トゥルーヴァンパイア》は孤独であった。だが一人の人間の娘を愛し、その娘を能力で同族に転化させて完全な吸血鬼とし、その間に生まれた子孫が今の私達だ」

「そういえば、そんな歴史習ったね」

吸血鬼の歴史なんてどうでもいい。元々勉強にあまり興味がなかったし、兄が公爵の地位を継ぐことが確定していたので僕は自由気ままに過ごしていた。

「始祖は生涯、その娘と添い遂げた」

ちなみに、その始祖と娘は、始祖が生まれた場所に大きな霊廟《れいびょう》を建てて、そこで永い眠りについている。死んでいるわけではないらしい。始祖達は永遠の命に飽きて眠っているだけだ。

いずれ、目覚める時がくるだろう。子孫である僕達が国を治めているのは、始祖の代わりでしかなく、始祖が目覚めた際には国を、大陸を、始祖へ返上する。

……僕はそういうの、全く興味がないけどね。

「それで、結婚したい相手というのはどこの誰《だれ》だ？」

兄に訊かれて答える。

「アデル・ウェルチ。ウェルチ伯爵家の長女だよ」

「ウェルチ？　……お前が以前、仲が良いと話していた友人も同じ家名ではなかったか？」

「よく覚えてたね。僕が欲しいのは、その友人の孫だよ」

兄が、ふむ、と考える仕草をする。思考を巡らせているようだ。

「そのウェルチ伯爵家の御令嬢の年齢は？　年頃の娘ならば、既に婚約者がいるか、他家と婚約の話が持ち上がっているのではないか？」

「あ、その心配はないよ。僕が欲しい子、アデルはね、今日、婚約破棄されたんだって」

「……は？」

普段は無表情で感情を滅多に表に出さない兄が、ありえない、という顔をした。

婚約とは家同士の契約であり、一度結んだ婚約を破棄することなど、普通はありえない。家の信用問題に関わるのだ。たとえ婚約している本人同士に気持ちがなかったとしても、険悪な関係だったとしても、政略結婚とは家のためのものだ。

「一応訊くが、破棄の理由は何だ？」

よほどのことがなければ婚約が破棄されることはない。

「婚約者が、アデルじゃなくて、その双子の妹に惚れて孕《はら》ませたんだって」

「……ウェルチ伯爵家はそれを許したというのか？」

「むしろ喜んでアデルの婚約を破棄して、婚約者と妹の婚約を再度結んだらしいよ」

はあ、と兄が額に手を当てて溜《た》め息《いき》をこぼす。

常識的に考えたら、その婚約者と双子の妹に問題があり、アデルは被害者で、責められる立場ではないはずなのに。あの歪《いびつ》な家ではアデルは悪者のように扱われていた。

「可哀想《かわいそう》なアデルは家族からも愛情をもらえなくて、悪者にされて、ひとりぼっちで苦しんでる」

死のうとするくらい絶望して、全て諦めてしまっている。

「僕はね、兄上。少しだけ後悔してるんだ」

僕が彼女ともっと早くに出会っていたら、アデルの未来は幸福に満ちていたのではないだろうか。

「彼女を助けられる機会を、僕は見逃した」

彼は孫の未来を想像出来ていたのかもしれない。

そして彼なりに、僕に、助けを求めていたのかもしれない。

僕は馬鹿だから気付けなかった。

「婚約の打診を行うのは構わないが、その前にアデル・ウェルチの身辺調査をする」

「三日後にはアデルを迎えに行くって約束してるから、それまでに終わらせてね。あ、婚約したらアデルは伯爵家から連れ出すつもりだよ」

「まさか同じ屋根の下で暮らす気か？」

「うん、あんな家にアデルを置いていたら、あの子、何度でも死のうとしちゃうからね」

兄がまた溜め息を吐いた。

「保護という名目でなら、言い訳は立つが……」

「種族が違うから、婚約したら花嫁修業のために引き取るって言えば問題ないでしょ」

あの伯爵家にいてはアデルの心労が溜まるばかりだ。

それに、同じ屋敷で暮らせば彼女と一緒にいられる時間も長くなるし、もっと彼女を知ることが出来る。今の気持ちはもしかしたら、彼女への愛情ではなく、罪悪感だという可能性もある。

そうだったとしても僕は彼女を欲しいと思った。

「僕はアデルがいい」

彼の孫である彼女に生きてほしい。

それは僕の我が儘だ。

小さな温もり

Chapter.4

婚約破棄された誕生日の翌日も、屋敷の中は相変わらずお祝いの雰囲気のままだった。

誰《だれ》もわたしが婚約破棄されたことなど気にしていない。

食欲がなくて朝、食堂に行かなかった。わたしがいなくても両親も兄も何も思わないだろうし、どうせ、わたしを抜いた家族で幸せな時間を過ごすのだ。わざわざそれを見に行く必要もない。

出かける予定もなくて、身支度もしないまま、ベッドに寝転がって時間が過ぎるのを待つ。

……何もする気が起きない……。

ぼんやりベッドの天蓋を眺めていると、ひょこりと小さな黒い蝙蝠が視界に入ってくる。

『アデル、食欲がないの？』

心配そうな柔らかな声に浅く頷《うなず》く。

『そっか、食べたくない時ってあるよね』

蝙蝠が寄り添うように頬《ほお》にすり寄ってくる。その言葉に少しだけホッとした。

そして、それ以上は何も言われなかった。

代わりに小さな蝙蝠はずっとわたしにくっついていた。

どれくらい経《た》ったのか、ふと、蝙蝠が身動《みじろ》ぎをすると姿を消した。

目を開けるのと同時に部屋の扉が叩《たた》かれた。

億劫《おっくう》で返事をしなかったのに、扉の開けられる音がして、足音がベッドへ近付いてくる。

「いつまで寝ているつもりだ」

現れたのは兄だった。わたしと同じ燃えるような赤い髪に緑の瞳《ひとみ》をした、気の強そうな顔立ちの兄はベッドのそばに立ち、冷たくわたしを睥睨《へいげい》する。

「お前が朝食に出てこないせいでティナが泣いている。ティナは妊娠しているんだ、もし体調を崩したらどうする。ただでさえ痩せているのに朝食も食べられなかったんだぞ」

ふ、と自嘲が漏《も》れた。

両親も兄も口を開けばティナ、ティナ、ティナ。わたしの名前を忘れてしまっているのではと思うくらい、もう長い間、この人達に名前を呼ばれていない。

寝転がったまま返事をする。

「……わたしが朝食に行くかどうかはわたしの勝手でしょう?」

兄が驚いた様子でわたしを見た。今まで、こんな風に言い返したことはなかったから。

でも、何もかもがどうでもいい。両親も兄もわたしのことを愛してなどいない。

昨日の彼らを見て、はっきりと理解した。理解してしまった。

「お前が当てつけみたいに食事に来ないせいで、ティナが傷付いて……」

「どうしてティナが傷付くの? 婚約者を奪われて、勝手に婚約を破棄されて傷付いているのは普通、わたしのほうでしょう? それにもしわたしがティナを責めたとしても、それは当然だと思うのだけれど。最低な行いをしたのはあの子よ」

伸びてきた兄の手がわたしの胸倉を摑《つか》む。

「ティナに悪気はない！　そもそも、最初からあの二人は惹《ひ》かれ合っていたんだ!!」

怒鳴ればわたしが萎縮するとでも思っているのだろうか。

冷めた目で見れば、兄がハッとした表情をする。

慌てて手が離されたが、わたしは上半身を起こしたまま、兄に言う。

「……出て行って」

兄の表情が凍りついた。

わたし自身、こんなに冷たい声が出るのかと内心で驚くほど、淡々とした声だった。

「しばらく、誰とも食事を共にしたくないの」

双子だから、妹だから、家族だから。何でも許されると思ったら大間違いだ。

……わたしの気持ちなんてどうでもいいのね。

「本当にティナが悪くないと思うなら、どうして妊娠を隠すように結婚式を急ぐの？　皆に広めればいいじゃない。二人の愛の結晶が出来ましたってね」

「そんなことをしたら貴族の令嬢としてティナは社交界にいられなくなってしまうだろう！」

「婚約者を奪われて婚約破棄されたと笑われても、不幸になっても、わたしはいいってこと？」

ジッと見つめれば兄が半歩下がる。

それにまた笑みが浮かぶ。

……ああ、吸血鬼様の言葉は正しい。

「お前はティナを虐《いじ》めているじゃないか‼」

兄の言葉はまるで子供の言い訳みたいだった。

「わたしがティナを虐めているところを見た人はいるの？」

「ティナが泣いてそう言ったんだ！」

「じゃあわたしが泣いて『虐めてない』って言ったら？　ティナが泣いていたら真実で、わたしが泣いても嘘《うそ》だと言うの？」

くだらなさすぎて笑えてしまう。こんなクソみたいな家族に縋《すが》るなんて馬鹿《ばか》だ。

「あなただって本当は知ってるでしょう。わたしの誕生日の贈り物も、わたしが気に入って買ったものも、全部ティナが持っているって。あの子はいつもわたしのものを欲しがるから」

きっとティナにとってはそれが当たり前なのだろう。

両親も兄も、あの子の周りの人間は皆、病弱で可愛《かわい》らしいティナを甘やかす。

「でも、もういいわ」

ベッドから立ち上がり、兄の腕を摑む。そうして扉まで引っ張ると廊下へ追い返した。

兄がつんのめり、慌ててこちらを振り返る。何かを言われる前に扉を閉めて、鍵《かぎ》をかける。

廊下から扉を叩かれたが開ける気はない。

……食事がほしくなったら部屋で摂ろう。

同じ空間でティナ達と食事を摂る気にもなれないし、そのほうがお互い気楽だろう。

しばらく扉は叩かれていたが、放置していると静かになった。

兄のことだから両親に言うはずだ。

もしかしたら使用人は食事を運ばないかもしれないが、二、三日食べなくても死ぬことはない。

酷く疲れてしまってベッドへまた寝転んだ。

『アデル、頑張ったね』

どこからともなく蝙蝠が出てくる。

撫でるように、その羽がポンポンとわたしの頭に触れた。

『今日、僕の家からウェルチ伯爵家に手紙が届くはずだから、もう少しだけ待っていて』

「……はい」

わたしはこの吸血鬼を利用しようとしている。

この伯爵家から連れ出してくれるなら誰でも良かった。

一目惚《ぼ》れなんて言われても信じられなくて、でも、この家にいるよりはずっといい。

……騙《だま》すようで罪悪感を覚えるけれど。

窓から差し込む日差しが方向を変え、時間が過ぎていく。

そろそろ両親達は昼食を終えた頃だろう。

水を飲む気にもなれなかったが、さすがの吸血鬼も『水だけは摂らないと』と言った。

水差しもないと言えば、何故《なぜ》か蝙蝠が器用にコップを差し出した。

「どこから持ってきたのですか？」

疑問のままに問えば、あっさり教えてもらえた。

『僕の家のものだよ。この眷属《けんぞく》は体が小さいから、小さなものしか移動させられないけどね』

言われてみれば、我が家のものよりも高級そうなグラスだった。

昼食を過ぎても誰も呼びに来なければ、様子を見にくることもなく、食事が運ばれることもない。

吸血鬼はそれで色々と察したらしい。

わたしが水を飲み終えて空になったグラスを受け取り、仕舞うと、やはりどこからともなく果物や焼き菓子を取り出してサイドテーブルに並べていった。

『アデル、まだ食欲はない？』

「……動きたく、ないです」

『じゃあ食べさせてあげる』

蝙蝠が葡萄を一粒持って、器用にベッドの上を移動する。

『この葡萄はね、種がなくて皮ごと食べられるんだよ。甘酸っぱくて凄く美味《おい》しいんだ』

どうぞ、と差し出されて口を開ければ、ころりと葡萄が一粒、口の中へ転がり込んでくる。

寝転がったまま食べるなんて行儀が悪い。

だが吸血鬼である蝙蝠は注意しない。

噛《か》んだ葡萄は皮が弾け、瑞々《みずみず》しい果肉の甘酸っぱい味と香りが広がっていく。

……多分、とても美味しいものなのだろう。

それなのに美味しいとは感じられなかった。

黙って咀嚼《そしゃく》するわたしの横で、また蝙蝠がサイドテーブルから葡萄を一粒運んでくる。

そうして、わたしが口を開くのを辛抱強く待っている。

『どう？　食べられそう？』

飲み込んでも吐き気は感じなかった。

頷くと、はい、と次の葡萄が口元に差し出される。

本来ならば、使用人に傅《かしず》かれて過ごしているはずの吸血鬼が、細々と小さな蝙蝠の姿で動いてわたしの世話をしている。

「面倒ではないですか」

蝙蝠が振り返る。

『むしろ楽しいよ、これ』

結局、葡萄は一房丸々食べてしまった。

茎だけになった葡萄に吸血鬼は喜んでいた。

『動きたくない時は僕が食べさせてあげるね』

そう言った柔らかな声は少し弾んでいた。

昼食代わりの葡萄を食べた後もベッドから動かず、うとうとと少しだけ転寝《うたたね》をしながら過ごした。

その間、ずっと小さな蝙蝠がくっついている。

日が大分傾いた頃、蝙蝠が小さく羽ばたいた。

『この家の人間は不愉快だなあ』

そう呟《つぶや》くと蝙蝠は黒い霧となって姿を消した。

その直後、扉のほうから足音がした。

複数の足音で、扉越しにも聞こえてくるくらい慌てているのが窺《うかが》えた。

そうして扉が少し強く叩かれる。最初は無視していたが、音が止《や》む気配はない。

仕方なく重い体を起こしてベッドから立ち上がり、扉の鍵を開けた。それに気付いたのか叩く音が静かになった。扉を開ければ、廊下に両親がいた。

「お前、これはどういうことだ⁉」

怒鳴るような父の第一声がうるさい。

「どう、とは？」

「ナイトレイ公爵家から手紙が届いたのよ。公爵様の弟君が、あなたと婚約したがっている、と」

母の言葉に驚いた。

吸血鬼だと気付いていたけれど、彼が現公爵の弟だとは知らなかった。

精々、公爵家の分家筋の者だろうと考えていたから予想外ではあったが、同時に納得もした。

わたしに不自由な暮らしはさせないと言ったのは冗談ではないらしい。

「お前のような者が、こんな上の方といつ知り合った？」

「ティナに打診がくるならともかく、あなたみたいな子が公爵の弟君の目に留まるなんて何かの間違いではなくって？　まさかフィアロン侯爵令息と婚約していた間に、色目を使ったんじゃあ……」

責める口調にわたしは溜《た》め息《いき》が漏れた。

「わたしは婚約中に不貞行為なんてしませんし、出会ったのは昨日です」

「昨日の今日でこんな話がくるわけないでしょう！」

「でも、実際に手紙が届いているではありませんか」

両親が押し黙る。彼らにとっては信じられないのだろう。

だが、公爵家からの手紙を握《にぎ》り潰《つぶ》すことは出来ない。

「そのお話、お受けします」

両親が何故か非難の目を向けてくる。

それに気付かないふりをした。

「話はそれだけですか？　……気分が優れませんので失礼します」

両親が何かを言う前に扉を閉め、鍵をかける。

外から両親の騒ぐ声がするけれど無視した。

……どうしてわたしが責められないといけないのだろう。

わたしがティナより良い条件の人と結婚するのが許せないと言いたげだった。

『早くアデルと婚約したいな』

振り向くと、蝙蝠がパタパタと飛んできて肩にとまる。

「公爵様の弟君だったのですね」

『あれ、言ってなかったっけ？』

「聞いておりません」

蝙蝠がすり寄ってくる。

『公爵家からの打診なら伯爵家も無視出来ないよね』

つまり全部分かっていて打診しているのだ。

両親の口振りからして、わたしを名指しした上で婚約の打診をしたのだろう。

もし伯爵家の娘とだけ書かれていたら、あの両親は絶対にティナのことだと考えたはずだ。

『明後日、楽しみにしててね。目一杯、かっこいい姿でアデルを迎えに行くから』

それにわたしは首を傾げた。

「吸血鬼様は十分素敵ですよ」

初めて出会った時も、その整った顔立ちに思わず見惚《みほ》れてしまったし、長く艶《つや》やかな銀髪も、紅い瞳も、美しかった。整った容姿をしていると御令嬢達から人気のあったフィアロン侯爵令息よりも、いや、わたしが今まで見てきた誰よりも整った容姿だった。

吸血鬼は見目が良いと聞いてはいたが、噂のこともあってあまり社交をしていなかったのと、婚約者がいたため他の男性に興味もなかった。

吸血鬼という存在自体、身分の違いから、別世界の話のように感じていたというのもある。

「吸血鬼様？」

黙ってしまった蝙蝠に声をかければ、小さく羽ばたく。

『ああ、うん、何でもない。えっと、ありがとう』

すりすりと小さな蝙蝠に頰擦《ほおず》りされる。

そっと手を伸ばして、蝙蝠を撫でた。

『僕は、アデルのほうが綺麗《きれい》だと思うよ。赤い髪も、濃い緑の瞳も、バラみたいで素敵だね』

「……ありがとうございます」

昔、お祖父様もそう褒めてくれたことを思い出す。

……よく綺麗な赤いバラをお祖父様は贈ってくれたわ。

その花をティナがすぐに欲しがって、大泣きされて、結局持っていかれてしまったのだが。

それでもお祖父様の気持ちが嬉《うれ》しかった。

愛情が感じられて、あの頃はまだ、幸せだった。

迎えと婚約

Chapter.5

婚約破棄から三日後。吸血鬼の言葉が本当なら、今日、わたしはこの家を出る。

朝、目が覚めると蝙蝠《こうもり》が出てきて言った。

『今日迎えに行くよ。もし持って行きたいものがあったら、荷物をまとめておいてね。あ、日用品はこっちで用意しているから、特に持って行きたいものがなければ着替えのドレスだけでいいよ』

柔らかな声は機嫌が良さそうだった。

……持って行きたいものなんてないわ。

わたしが大切に思ったものは全《すべ》て、ティナの手元にある。そのうちのいくつかはティナが飽きて捨てられてしまったし、ティナが持っていたとしても返してくれるはずがない。

わたしのものは欲しがるのに、自分のものをわたしに貸すことすらしないのだから。

とりあえず、数日分の着替えを準備した。準備といっても衣装部屋にあった、箱に収めてあるドレスや靴、それらに合わせた装飾品のいくつかをそのまま部屋に運んできただけだ。

わたしが何かしていても使用人は気にしない。

着替えを用意して、部屋で待つ。

蝙蝠が出てきて、わたしの肩にとまった。

『はい、今日の昼食はリンゴだよ』

あの日から、わたしは家族で食事を摂ることをやめた。

そうして誰《だれ》もわたしに食事について訊いてくることもなく、代わりに、蝙蝠を通じて吸血鬼が甲斐甲斐しく果物や焼き菓子などを与えてくれる。

あまり食欲はないが、小さな蝙蝠のつぶらな瞳に見つめられると断れない。

差し出した手の上に小さな可愛《かわい》らしいリンゴが置かれる。

赤くて、艶《つや》々しており、新鮮そうだ。

一口かじれば、シャクリと音がする。

瑞々《みずみず》しく、甘く、少し酸味があって、きっとこれも美味《おい》しいものなのだろう。

食べ終えると残った芯《しん》の部分を蝙蝠は回収した。

『少し顔色が悪いね。到着する前に声をかけるから、それまで少し休んでいたほうがいいよ』

吸血鬼の言葉に頷《うなず》いて、ベッドで休んでいた。

その間に夢を見た。子供の頃の夢だった。

誕生日も、初めて参加したお茶会も、社交界デビューも、いつもわたしは『ティナ・ウェルチの双子の姉』という添え物に過ぎなかった。わたしだって主役なのに誰もわたしを見ない。

やっと出来た友人達も噂を信じて離れていった。

両親も兄も、使用人達も、元婚約者も冷たい目でわたしを見る。

「お姉様」

甘えるようにわたしをそう呼ぶティナは幸せそうで。

ティナから健康を奪ったのはわたしだと詰《なじ》られてきたが、わたしから幸せを奪っているのはティナだった。わたしがどんなに必死に「ティナを虐《いじ》めてない」と言っても、ティナが泣けば、誰もがティナの言葉を信じる。元よりわたしは愛されてなどいなかったのだ。

「お姉様ばかりずるいわ」

ティナが現れ、その横に美しい銀髪の吸血鬼が佇《たたず》んでいる。

ティナの白くて細い手が吸血鬼の腕に触れた。

「ねえ、わたしにちょうだい？」

楽しそうに笑うティナは天使などではなかった。

ハッと飛び起きる。心臓がドキドキと痛いくらいに脈打っている。

夢だと分かっていても胃の辺りがキリキリと痛んだ。

……あの子は絶対に欲しがるわ……。

曲げた膝《ひざ》を抱えて目を閉じる。

ふわ、と肩に軽い感触があった。

『アデル、そろそろ着くよ』

柔らかな声が耳元で囁《ささや》く。

『大丈夫、怖がらないで』

気付けば、わたしの体は小さく震えていた。

顔を上げれば蝙蝠がすり寄ってくる。

『君が望めば、僕が叶《かな》える』

「……もう、この家にいたくありません……」

『うん、必ず君をこの家から連れ出すよ』

わたしは今日、家族を捨てる。そう決めたはずなのに、胸がじくりと痛む。

どんなに愛されなくても、冷たくされても、血の繋《つな》がった家族である。

……何とも思わないなんて、無理よ。

感じる痛みを無視して目を閉じた。

蝙蝠が姿を消したので、わたしもベッドから出て、身支度を整え、その時がくるのを待った。

部屋の扉が叩《たた》かれた。出ると、使用人のメイドがいた。

「旦那様と奥様から、応接室に来るように、とのことです」

それだけ言うとメイドはすぐに踵《きびす》を返して去った。

わたしも部屋を出て、応接室へ向かう。屋敷の空気がざわついているのを感じる。

四大公爵家のうちの一つであるナイトレイ公爵家の者が、人間の伯爵家に過ぎない我が家に来たのだから、落ち着かないのは当然なのかもしれない。

応接室に着くと、廊下にズラリと見覚えのない使用人達が並んでいる。

我が家の使用人よりも皆、見目が良く、服も仕立ての良さそうなお仕着せであった。

その前を通り過ぎて、応接室の扉を叩く。中から「入りなさい」と声がして扉を開ける。

室内には両親がいて、その向かいのソファーには二人の男性が座っていた。どちらも綺麗な銀髪に紅い瞳の端正な顔立ちをした、美しい吸血鬼だった。二人の後ろに一人、使用人らしき男性が立っている。二人の吸血鬼のうち、片方は墓地で出会ったあの吸血鬼だった。

その横にいるもう一人の人物は冷たい顔立ちで、彼にはあまり似ていないが、恐らく兄であるナイトレイ公爵家の現当主だろう。

扉を閉めて、その場でカーテシーを行う。

「あれが娘のアデル・ウェルチです」

顔を上げれば吸血鬼が小さくこちらへ手を振る。

「本当にあの子に婚約を打診なされるのでしょうか？　親の私が言うのもなんですが、あの子は少々問題がありまして……」

「問題とは？」

父の言葉に公爵様が訊き返す。

「その、病弱な双子の妹を虐め、社交界でもあまり評判が良くなく、ご覧の通り気が強くて、とても淑《しと》やかとは言えません」

父の言葉を聞きながら、心が冷えていく。自分の娘をここまでよく卑下出来るものだ。

娘と思っていないのか、それとも、自分の娘だからどれだけ悪く言っても良いと思っているのか。

「自分の娘に対して随分な言い様だな」

「恥ずかしながら、不出来な娘でして……」

父が何かを言う度に、体が冷えていく。自分を悪し様《あざま》に言うのを聞いて嬉《うれ》しいはずがない。

きっと、父にとってはそれが真実で、わたしを蔑《さげす》んでいるとは欠片《かけら》も気付いていないのだろう。

「それはおかしいなあ」

柔らかな声が不思議そうに言う。

「彼女について調査させてもらったら、確かにそういった噂が社交界で流れているようだったけれど、実際に彼女が妹を虐《しいた》げたというところを見た者はいないということだった」

その横で公爵様も頷いた。

「その噂の出処はティナ・ウェルチ伯爵令嬢だそうだが、あなた方はアデル・ウェルチ伯爵令嬢が双子の妹を虐げているところを見たことがあるのか？」

「それは、あの子はああ見えてずる賢いので私達の前ではそういうことはしないだけで……」

「そうだとして、何故《なぜ》あなた方は何もしない？　姉妹の仲を取り持つなり、理由を問うなり、すべきことがあるだろう」

父が黙り、母が思わずといった様子で口を開く。

「ティナは病弱なのです。私達は、そちらで手一杯で……！」

「つまり、アデル・ウェルチ伯爵令嬢のことは放置していたと？　あなた方が双子の妹にばかり構っていたら、姉のほうが妹を嫌いになっても不思議はないな」

両親が何故か驚いた顔をする。そんなことすら考えが及ばなかったのか。

吸血鬼の彼が空気を変えるように手を叩いた。

「そのことについてはともかく、僕は彼女と婚約して、いずれは結婚したいと考えてる。手紙で分かっているだろうけど、今日は僕と彼女の婚約を結ぶのと、彼女を引き取るために来たんだ」

「待ってください、娘を引き取るとはどういうことですか？　貴族の令嬢が婚姻前にそのようなことをするのは許されません。娘の貞淑さだけでなく、それを認めた我が家も何を言われるか……」

父が慌てた様子で言い募《つの》ったが、吸血鬼が不機嫌そうに目を細めた。

「それをあんた達が言うの？　姉の婚約者を奪って妊娠した娘を責めるどころか、これ幸いとばかりに婚約を結ばせ直すような家が、今更貞淑さとか馬鹿《ばか》じゃないの？」

鼻で笑われて両親の顔色が悪くなる。

知られていないとでも思っているのだろうか。あんな、屋敷全体でお祝いの雰囲気を出して、姉の婚約者を妹に変えれば、頭の良い人はすぐに察するだろう。

そもそも使用人達ですらティナの妊娠を知っているのだから、ちょっと探れば簡単に調べがつく。

「僕達は吸血鬼だからね。種族が違うと色々暮らし方にも違いがあるかもしれないから、慣れてもらうために公爵家に引き取るんだよ。ここでの彼女の扱いは悪いしね」

立ち上がった吸血鬼が近付いてくる。

そして、わたしの前で止まると跪《ひざまず》いた。

「アデル・ウェルチ伯爵令嬢、僕と婚約してください」

そっと手を取って見上げられる。

「君の幸せを、一緒に探したいんだ」

温かな手を握り返す。

吸血鬼が嬉しそうに微笑み、ギュッと手を握られる。

「これで、これからは一緒だね！」

喜んでいる吸血鬼の向こうで、公爵様が両親へ言う。

「あなた方にもそう悪い話ではないはずだ。我がナイトレイ家と縁続きになる上に、アデル・ウェルチ伯爵令嬢と弟の婚約祝いという名目で公爵家に入るのに相応《ふさわ》しいだけの額の結納金も用意する。あなた方はそれを御令嬢に持たせれば、一切《いっさい》家の負担にはならない。もちろん、我が家で御令嬢を預かっている間や結婚式にかかる費用は全てこちら持ちとしよう」

ただでさえ雲の上の存在の公爵家と繋がりを持てて、しかも金銭的に一切苦労することはなく、ただ、わたしを渡すだけでいい。非常に好条件であった。

「ただし、一つだけ条件がある」

両親が顔を見合わせ、公爵様を見た。

「婚約後、我が家が御令嬢を引き取った後、彼女に関することに一切口出しをしないでもらおう。公爵家には公爵家のやり方というものがあるのでな」

そんなことか、という顔をした両親がまた確認するように互いの顔を見て、そして頷いた。

「分かりました。そこまでおっしゃっていただけるのでしたら、私達のほうから申し上げることはございません」

「では、こちらの婚約届と同意書に署名を」

公爵様が父へ書類を差し出した。

それを父が読んでいる間に、公爵様がこちらを向いた。

「ウェルチ伯爵令嬢、我が家の使用人を連れて来たので荷物を運ばせよう。……イアン、ついて行って手伝ってやれ」

「うん、そうするよ」

まだ手を繋いだまま、吸血鬼が一度公爵へ振り返って頷き、こちらへ顔を戻す。

「アデル、君の部屋に案内してくれる？」

「はい」

応接室の扉を開けて廊下へ出る。

「わたしの部屋はこちらです」

歩き出そうとして、ふと手が繋がったままだと気付く。

吸血鬼は笑みを浮かべているが離す気配はない。

どうしようかと思っていると足音がした。

「お姉様！」

明るい声に体が強張る。

振り向くと、廊下の向こうからティナが歩いてくる。

「体調を崩したって聞いたけど、元気そうで良かった。わたし、とっても心配していたの。でも元気なお姉様を見て安心したわ」

言いながら、わたしの前まで来て、今気付いたという風にティナが口元に手を当てた。

「あ、お客様がいらしていたんですね。ご挨拶《あいさつ》もせず、失礼いたしました！　妹のティナ・ウェルチと申します」

ティナが少し不慣れな仕草で、可愛らしくカーテシーを行う。

そしてニコリと純粋そうな笑顔を浮かべた。

大抵の人は、これだけでティナに好意的な気持ちを持つ。

気の強そうな顔立ちのわたしが微笑んでも、高飛車とか高慢そうとか言われるのだが、ティナが微笑むと可愛らしくて春の妖精《ようせい》のようだと表現される。

わたしは思わず目を伏せた。

……同じ双子なのに、どうしてこうも違うのかしら。

繋いだ手を離そうとしたが、力が込められる。

顔を上げれば、吸血鬼が冷たい眼差《まなざ》しをティナへ向けていた。

「知ってるよ。姉の婚約者を奪った恥知らずだと思ってたけど、婚約者がいて、妊娠もしているのにまだ他の男に媚《こ》びを売るとかありえないよね。話しかけないでくれる？」

ティナの笑顔が固まり、その後ろに控えていたメイドがわたしを睨《にら》んだ。

遅れて、ティナの瞳に涙が溜《た》まる。

「お姉様、酷い。他の方に話したの？」

そこでどうしてわたしが責められるのか。

「ええ、話したわ。この方はわたしの婚約者ですもの。前の婚約がどうして破棄されたのか、きちんと説明する必要があったから」

「……え？　こん、やく？　お姉様が？」

驚いた顔でティナがわたしを見る。

「そうよ。前の婚約は破棄されたのだから、次の婚約相手を探しても何も問題はないでしょう」

「でも、お姉様はこの間、婚約破棄されたばかりなのに……」

戸惑いよりも疑いの色が濃いティナの声は、わたしを非難していた。

しかし横から伸びてきた手に腰を抱かれ、引き寄せられる。

「君が姉の婚約者を奪ってくれたおかげで、僕はアデルと出会えたから良かったけどね。そういう意味では礼を言うよ。アデルと婚約する機会をつくってくれてありがとう」

ティナがわたしと吸血鬼を見て、わなわなと震える。

その表情は『ありえない』と言っていた。

羞恥と、怒りと、混乱とで気が昂《たかぶ》っているらしい。

ぱくぱくと口を開くものの、言葉が出てこないようだ。

「ああ、そうだ、お礼に良いことを一つ教えてあげる」

吸血鬼がニコリと微笑んだ。

「君、病弱なんだってね。吸血鬼の血は昔から妙薬になると言われているんだよ。混血種《ダンピール》とは言え、吸血鬼の血が混じっているから、婚約者に血を分けてもらって飲めば、その虚弱体質は治るかもしれないね？　まあ、どうするかは君次第だけど」

と、吸血鬼は言い、わたしを見た。

「さあ、行こうか、アデル」

促されて、わたしは自室へ向かって歩き出す。

吸血鬼が廊下に並ぶ者達へ手招きをすれば、後ろから、公爵家の使用人達が静かについて来た。

チラリと少しだけ後ろを見れば、ドレスのスカートを握り締めたまま、ティナが歯を食いしばって俯《うつむ》いていた。今まで、誰《だれ》かに皮肉を言われたことも、邪険に扱われたこともない妹にとっては衝撃的だったのだろう。使用人が慰めるようにティナへ声をかけていた。

吸血鬼に促されて廊下を歩く。

わたしは前を向いて、もう振り向かなかった。

ナイトレイ公爵家へ

Chapter.6

公爵家の使用人が手早く荷物を運んでくれて、わたしと吸血鬼はそれを見ているだけだった。

その後、玄関へ案内すれば、そこには兄がいた。

わたしを見ると怒った顔をしたが、わたしの横にいる吸血鬼に気付いて苛立《いらだ》ちを抑えたようだ。

「婚約するというのは本当か」

その問いにわたしは意識的に微笑んだ。

「本当よ。婚約して、この家を出ていくわ。伯爵夫妻と、あなたと、ティナの四人で今まで通り幸せに過ごせるでしょう。良かったわね」

「待て、出ていくだと？　結婚前の貴族の令嬢がそんなことをすれば、どんな噂が流れるか分かっているのか？」

「もう決まったことよ。あなたには関係ないわ」

どうせ社交界で良くない噂をされている。今更、何を言われたところでどうでもいい。

兄が絶句している。それがティナとよく似ていた。もし吸血鬼がいなければわたしを怒鳴りつけていたのだろうが、今はそれも出来なくて、兄の方が怒りに震えている。

足音がして、両親と公爵様が玄関へやってくる。

「もう準備が終わったのか？」

公爵が少し驚いた様子で訊いてきたので、頷《うなず》いた。

「この家のものは極力、持って行きたくありませんので」

両親が目を鋭くしたが、怖くも何ともない。

たとえ手を上げられたとしても、もう、この人達に振り回されて生きていきたくない。

公爵様は「そうか」とだけ言った。

吸血鬼が「大丈夫だよ」と笑う。

「アデルの好みに合わせて色々揃《そろ》えよう？　気分も思い出も、全部新しくすればいいよ」

ずっと繋《つな》がったままのわたしの手は、吸血鬼の体温が移って温かくなっていた。

両親と兄を見る。この家で、わたしの家族はお祖父様だけだった。

「ウェルチ伯爵、伯爵夫人、伯爵令息、今までお世話になりました。……今後は、他人として過ごしましょう。そのほうがお互いのためになります」

「っ、アデル、お前は……!!」

父がわたしの名前を呼んだ。

ここ数年呼ばれなかったというのに、今になって呼ばれたことが少しおかしかった。

「わたしの名前、覚えていたんですね」

両親と兄がハッと息を詰めた。

彼らも、自分達がわたしの名前をしばらく呼んでいなかったことに気が付いたのだろう。

同じ屋根の下で共に暮らしているのに名前を呼ばれないことが、無視され、放置されることが、無関心がどれほどつらいか、この人達は知らない。

公爵様と吸血鬼へ向き直る。

「お待たせしてしまい、申し訳ありません」

別れの言葉など必要ない。

公爵様が頷いた。

「では、御令嬢は我が家が引き取らせてもらおう」

公爵様が別れの挨拶《あいさつ》を告げ、外へ出る。

吸血鬼と共にわたしも歩き出す。

後ろから、わたしの名前を呼ぶ兄の声がしたが、聞こえないふりをして前を向く。

外には公爵家の家紋がついた馬車が停まっていた。

馬車に乗り込み、扉が閉められ、ゆっくりと馬車が動き出した。

長年過ごした伯爵家から出るのは思いの外、簡単で、想像していたよりも感情は動かなかった。

ぼんやり車窓を眺めていると公爵様に声をかけられた。

「ウェルチ伯爵令嬢、アデル嬢と呼んでも？」

「はい、お好きにお呼びください」

公爵様は冷たい顔立ちと淡々とした口調は変わらなかったが、伯爵夫妻と話していた時より幾分、声が穏やかだった。

「君の身辺や素行について調査させてもらったが、これまでの行いや婚約破棄について、君に非がないことを我々は知っている。伯爵家で君が冷遇されていたことも」

「そう、ですか……」

横で吸血鬼が眉《まゆ》を下げた。

「勝手に調べてごめん、不愉快だよね」

それに首を振る。

「いえ、婚約前に相手や相手の家を調査するのはよくあることです。それについて思うところはありません。公爵家ならば相手を調査して然《しか》るべきです」

「……良かった」

ホッとした様子で吸血鬼が胸を撫で下ろす。

「むしろ、ご迷惑をおかけしてしまい申し訳ありません」

「アデル、迷惑だなんて思ってないよ。君の状況を知ってこうしたいって僕も考えていたし、僕としてはアデルと一緒にいられる時間が増えて嬉《うれ》しいんだ」

言い募《つの》る吸血鬼に公爵様が苦笑した。

「これがこう言っているのだ、アデル嬢が気に病む必要はない」

それから目的地に着くまで、ナイトレイ公爵家について教えてもらうこととなった。

ナイトレイ公爵家は四大公爵家の一つだ。この国の王族と公爵家は代々、吸血鬼の純血種が継ぐ。

国王陛下と王妃様は今いる純血種の吸血鬼の中でも、特に血が濃く、寿命が長く、何百年もこの国の頂点にいる。そして、公爵様と彼は両陛下のお子である。

「前ナイトレイ公爵が、この地位にいることに飽きてしまったので百年ほど前に私がナイトレイ公爵となった。四大公爵家は全《すべ》て、両陛下の兄弟姉妹、もしくは子で形成されている」

吸血鬼なので滅多に代替わりをすることもない。

ちなみに前ナイトレイ公爵は、現公爵と彼の叔父に当たる人だったそうで、今は別の大陸へ旅に出ているらしい。公爵夫人は別の公爵家の御令嬢で同じく純血種だそうだ。

「あの、人間のわたしが公爵家に入っても良いのでしょうか？」

婚約した以上、いずれは結婚することとなる。純血種の吸血鬼の中にただの人間がいては、周囲から反感を買うかもしれないし、当然、釣り合わないと言われるだろう。

「それについては問題ない。イアンとアデル嬢が結婚し、アデル嬢が吸血鬼に転化すれば、同族同士の婚姻となる」

「転化……？」

「純血種の吸血鬼が有する能力の一つに、人間を同族へ変化させるというものがある。これは混血種《ダンピール》にはない。人間から吸血鬼に転化した者は寿命が延び、体が頑丈になり、身体能力も上がる。純血種よりは劣るし、使えない能力もあるが、混血種《ダンピール》よりは強い」

……わたしが吸血鬼になる……？

驚いていると横から声がする。

「あ、無理に吸血鬼に変えたりしないから安心して？　アデルが頷かない限り、そんなことはしないよ。でも、そういう道もあるって覚えておいてくれると嬉しいな」

「もし転化しなかったとしても構わない。吸血鬼と人間がそのまま結婚した事例も多くある」

「アデルの気持ち次第ってことだよ」

公爵様も彼も、異種族婚については気にしていないらしい。

……吸血鬼になりたい気持ちはない。

十八年生きただけで死にたくなっているのに、この先、もっと長い時を生きるというのは考えるだけで恐ろしい。結婚したら必ず同族になれと言われなくて、安堵《あんど》した。

そこまで考えて、ふと関係ない疑問が湧《わ》いた。

「あなたの名前はフィーではないのですね」

フィーと名乗られたが、公爵様は彼をイアンと呼んでいる。

それに公爵様が目を丸くした。

「イアン、お前、まさか名乗っていないのか？」

彼が、バツが悪そうな顔をする。

公爵様が大きな溜《た》め息《いき》を吐いた。

「弟が無礼を働いてすまない。これの名はイアン＝フェリクス・ナイトレイ。君に教えたのは弟の第二の名前《セカンドネーム》の愛称だ。純血種の吸血鬼は二つの名前を持っているが第二の名前《セカンドネーム》は本来、伴侶しか呼ぶことを許されないものだ」

「え」

横を見れば、彼が笑っている。

「僕をフィーって呼んでいいのはアデルだけだよ」

屈託《くったく》のない笑みにドキリとした。

……わたしだけの特別な呼び方。

「だからお願い。僕のこと、フィーって呼んで？」

甘える声はまるで誘惑しているようだ。鮮やかな紅い瞳《ひとみ》が見つめてくる。

名前を呼ぶのは勇気が要る。呼んでも、返事をもらえなかったり雑に対応されたりすると悲しいし、名前を呼ぶほど、その相手の存在はわたしの中で確実に大きくなっていく。

……信じても、いいのかしら。

一目惚《ぼ》れなんてしたことがないから彼の気持ちの度合いは分からないけれど、きちんと『迎えにくる』という約束を守ってくれた。わたしを伯爵家から連れ出してくれた。

……信じてみたい。

死にたい、消えたいという気持ちはある。だけど、きっと、ずっと願っていたのだ。

ティナの言葉や噂ではなく『わたし』を信じてくれる人を、愛に愛で返してくれる人を、心許せる相手を。お祖父様のように温かな人にそばにいてほしいと。

「…………フィー、様」

彼の両手が伸びてきて、頰《ほお》が包まれる。

「『様』は要らないよ？」

こつん、と額同士が合わせられる。

間近で見る紅い瞳に魅入られてしまいそうになる。

「……すぐには、呼び捨ては、出来ません……」

ドキドキと高鳴る胸が少し息苦しい。

彼、フィーが嬉しそうに笑った。

「そっか、じゃあいつか『フィー』って呼んでね」

「……はい」

「でも、言葉遣いは砕けてくれたら嬉しいなあ」

瞳を覗《のぞ》き込むようにジッと見つめられる。

「婚約者だからもっと気楽に話して？」

甘えるような声は成人男性というより子供っぽくて。

……わたしも、少しずつ、歩み寄ってみよう。

震える指先を握り込む。

「……分かった」

小さく頷くとフィーが顔を離した。

「ありがとう、僕の可愛《かわい》いアデル！」

ギュッと抱き着かれて、顔が熱くなった。

元婚約者のデニスでさえ、こんなに身体的な接触はなかったので、家族以外の異性に抱き締められたのは初めてだった。こうして誰かに抱き締めてもらうのは久しぶりだ。

最後に抱き締められたのはいつだったか記憶を辿《たど》り、そして、思い出したのはお祖父様であった。

お祖父様が亡くなる数日前、体調を崩して寝込んでいたお祖父様の部屋にお見舞いに行った時に抱き締めてくれた。しわの多い手が優しく頭を撫でて、そっと、慈《いつく》しむようにわたしを包んだ腕の中も温かかった。

「私の可愛いアデル、いつか、お前を心から愛してくれる人が私以外にもきっと見つかる。だから希望を失わないでおくれ」

お祖父様はその時、そう言った。それが生きているお祖父様との最後の時間だった。

……どうして忘れていたのだろう。

お祖父様はわたしが幸せに生きることを願ってくれた。もし婚約破棄された後にあのまま死んでいたら、お祖父様のこの言葉も思い出せず、わたしは絶望しか知らなかっただろう。

アデル、と柔らかな声がまたわたしの名前を呼ぶ。

「これからも沢山僕の名前を呼んでね」

そっとフィーを見上げて、問う。

「呼んだら、返事をしてくれる？」

「うん。どこにいても、何をしていても、アデルが呼んでくれたら、僕は必ず君の声に応《こた》えるよ」

その言葉だけで十分だった。

フィーはわたしをずっと抱き締めて離さず、向かい側に座る公爵様は特に何も言わなかった。

そうして馬車は公爵邸に到着した。馬車から降りて、公爵邸を見て、驚いた。

当たり前だが伯爵家よりも大きな屋敷に、広く、綺麗《きれい》に整えられた庭園。

何より数えきれないほど多くの使用人達が出迎えた。

「お帰りなさいませ」

そして、長い銀髪に紅い瞳の美しい女性がいた。

一目で吸血鬼だと分かる外見のその女性は公爵より若く、公爵は女性と抱擁を交わす。

「ああ、今戻った」

目の前で交わされた口付けに慌てて視線を逸《そ》らす。

……きっと公爵様の奥様だわ。

それから女性がわたしを見て微笑んだ。

「初めまして、ようこそナイトレイ公爵家へ」

わたしはカーテシーを行い、挨拶をする。

「初めまして、ウェルチ伯爵家の長女、アデル・ウェルチと申します。どうぞアデルとお呼びください」

「ソフィア＝ソニア・ナイトレイです。私《わたくし》のこともソフィアと呼んでくださると嬉しいわ」

「ソニアは私の妻だ」

公爵の言葉に、やっぱり公爵夫人だったか、と思う。

公爵夫人がジッと見つめてくる。

「イアンの言う通り、アデル様はバラのようね。赤い髪に緑の瞳がとっても素敵だわ」

「……ありがとうございます」

でも、と公爵夫人を見る。

ほのかに青みがかった銀髪に、公爵やフィーより少し明るい色合いの紅い瞳をした、華奢《きゃしゃ》で儚《はかな》げな美人のほうが、わたしには美しく感じられた。

「ソフィア様の、満月の晩に咲く白百合のような美しさのほうが、わたしは素敵だと思います」

わたしの色は、見る人にきつい印象を与えるから。

けれど、横からフィーに頭を撫でられた。

「アデルの赤い髪も、緑の瞳も、僕は好きだな。顔立ちも美人だし、アデルはもっと自信を持っていいんだよ」

何と答えればいいのか分からず、目を伏せてしまう。

こほん、と公爵様が小さく咳払《せきばら》いをした。

「そういえば自己紹介がまだだったな。私はマシュー＝ハロルド・ナイトレイ。ナイトレイ公爵家の現当主だ。君には今日から我が家で過ごしてもらうが、自由にしてもらって構わない」

公爵様の言葉に視線を上げれば、フィーと目が合った。

「アデル、今日からよろしくね」

この美しい人達の中に入ると思うと、尻込《しりご》みしてしまいそうになった。

フィーが繋がった手をそっと握る。

「これから、ゆっくり、家族になろうね」

……家族……。

わたしは今日、家族を失った。元よりわたしには家族と呼べる相手はお祖父様しかいなかったのだけれど、はっきりと、今日、わたしは彼らが家族ではないと実感した。

小さく息を吸い、吐き出した。

「今日から、よろしくお願いいたします」

ギュッとフィーの手を握り返す。

「フィー様、約束を守ってくれてありがとう」

「どういたしまして。まあ、僕がしたいことをしただけなんだけどね」

フィー様に手を引かれる。

「さあ、アデルの部屋に行こう?」

僕の部屋の近くなんだ、と嬉しそうにフィー様が言う。

優しく手を引かれながら振り向けば、やれやれといった様子の公爵様と微笑ましいという風な顔の夫人がいた。わたしに冷たい目を向ける人はここにはいない。

それだけで、心がスッと軽くなった。

婚約の報告

Chapter.7

公爵家での暮らしはまるで夢のようだった。

用意されていた部屋は華やかで明るく、公爵家の使用人だというメイドが数名、わたしについてくれた。使用人達は全員、血の濃さに違いはあれど混血種《ダンピール》だそうで、公爵家の分家筋の者ばかりらしい。わたしは人間で、彼女達からしたら目下である。

それなのに彼女達はとても良くしてくれる。

いつだって部屋は暖かいし、飲み物や食べ物が用意されていて、望めばいつでも何度でも入浴が出来て、何かと気を遣ってくれるからか居心地が良い。

公爵夫妻は忙しいので食事の席でしか会わないけれど、優しい人達だと感じた。

冷たそうな顔立ちだが、公爵は穏やかで情が厚い。

夫人は明るく、おおらかで、夫である公爵を深く愛しているのが伝わってくる。

公爵も妻である夫人を大事にしており、仲睦《なかむつ》まじく、いつも食事の席は和やかな雰囲気に包まれている。無視されることもなければ、話しかけても気付かれないなんてこともない。

しかも、フィー様が常にそばにいる。さすがに眠る時や入浴の時は離れているが、それ以外は大体、フィー様はわたしの部屋に入り浸って、わたしを構っている。

「ここでの暮らしには慣れた？」

公爵家に来てから一週間。フィー様に問われて、苦笑が漏《も》れた。

「まだ、これは夢かもしれないと思うことがあるわ」

「夢じゃないよ。アデルはここにいて、僕と婚約していて、もう伯爵家に戻る必要はないんだから」

「そう……。そうね、ありがとう、フィー様」

時々、幸せ過ぎて不安になる。

いつかこの幸せが崩れてしまうかもしれない。奪われて、失って、またどん底に落ちたら……。

そう思うと、夜、一人の時間が恐ろしくなる。

……奪われるくらいなら自分で終わらせたほうが、傷付かずに済むわ……。

夢のようにふわふわした中で死ぬなら、つらくない。

ここに来て初日の夜、わたしはナイフで手首を切ろうとした。

しかし蝙蝠が、フィー様がそれを止めた。

「言ったでしょ。君が死のうとしたら、僕は止めるって」

死のうとしたわたしを責めることはなかった。

ただ、わたしの部屋にあった刃物の類は翌日から消えて、刃物が必要な時でも、わたしにそれが渡されることはない。果物が食べたくなればフィー様が切ってくれる。

しばらく放置して少し毛先がばらついていた髪はメイドが綺麗《きれい》に整えてくれた。

爪《つめ》すら自分で切ることはなくて、でも、公爵家では爪を整えるのは侍女やメイドの仕事だと言う。

ベッドの飾り紐《ひも》で首を括《くく》ろうとしたら紐の類が消える。

繋《つな》がっている浴室で入水しようとすれば鍵《かぎ》がかけられる。

バルコニーから飛び降りようとした時は、フィー様がやっぱり現れて、わたしを止めた。

「ここは下に高い植え込みがあるから、飛び降りても上手《うま》く死ねないと思うよ。腕や足が折れて痛いだけ。アデルに痛い思いはしてほしくないなあ」

確かに、言葉通り高い植え込みがあった。もし飛び降りてもそこに落ちるだろう。

不安で、怖くて、何もかもを投げ出して逃げたくなる。

夜はフィー様もわたしの部屋から追い出されるのだけれど、こっそり、蝙蝠の姿でそばにいる。

わたしの影にはまだ蝙蝠を潜ませているそうだ。監視されているというよりは、わたしが死なないか心配で見守っているというほうが正しいと思う。

「そろそろ、アデルとお出かけがしたいな」

そう言われて、わたしは首を傾げた。

フィー様は五日前、わたしのために公爵家御用達《ごようたし》のデザイナーを呼び寄せ、ドレスや靴、装飾品などを大量に注文した。その翌日には商人を呼んで、わたしの日用品も購入した。

翌々日にはヌイグルミやボードゲームなどを扱う店、文房具を扱う店、彼の知り合いだという演奏家、と毎日何かしらあったのだ。

しかもフィー様はわたしを敷地内の散歩や庭園のピクニックに誘ったり、二人で蔵書室で読書をして過ごしたり、色々と気分転換もさせてくれる。公爵家の中だけでも十分だった。

「出かけるって、どこに？」

訊き返すとフィー様が「えっとね」と小さく畳まれた紙を取り出して、わたしへ広げて見せた。

「美味《おい》しいレストラン、ケーキの種類が多いカフェ、観劇もいいよね。あ、アデルは本好き？」

「ええ、好きよ」

「じゃあ本屋も。それから、中央広場の噴水！」

広げた紙には沢山の場所の名前が書かれている。

半分近くは知らないものであった。

「中央広場の噴水？」

「恋人同士で行く、定番の場所なんだって。僕達吸血鬼の始祖、原初の吸血鬼《トゥルーヴァンパイア》とその妻二人の彫刻があって、持っている壺に向かってお金を投げ入れるんだ。壺にお金が入ると願いが叶うって言われてるみたいだよ」

「そんな話、初めて聞いたわ」

「庶民の間で流行ってるからね。貴族はそういうの、興味ないと思う。でも、お金を投げるなんて普通はしないし、面白《おもしろ》そうじゃない？」

そう悪戯《いたずら》っぽく笑うフィー様は子供みたいに明るい表情で、わたしの手に紙を握らせる。

「アデルは出かけるの、嫌？」

嫌ではない。むしろ、伯爵家にいた時は好んで外出していた。

あの家にいても気が休まることはなかったから、それなら、お祖父様のお墓に行ってお花を供えたり、本屋に行ったりして一人で静かに過ごすほうが良かった。

「いいえ、外出は好きよ」

「じゃあ出かけよう！　アデルの行きたいところがいいよね。好きな場所とかある？」

……言っていいのかしら……。

考えたわたしの手をフィー様が握った。

「アデル、行きたい場所があるんだね？　どこ？」

柔らかな声に促されて、口を開く。

「フィー様と初めて会った場所。……お祖父様に婚約の報告をしたいの。きっと、心配しているだろうから」

「そっか、分かった。途中で花を買ってから行こっか」

「……いいの？　お墓よ？」

初めて一緒に出掛けるのが墓地でも、いいのだろうか。

わたしの問いにフィー様が頷《うなず》いた。

「うん、だってアデルにとって『お祖父様』はとっても大切な人だったんでしょ？　この一週間、アデルが家族について話す時はその『お祖父様』とのことだったし」

……そういえば、そうかもしれない。

両親や兄、ティナのことはもう家族とは感じられないが、お祖父様だけは今でも家族だと思える。

庭園で赤いバラを眺めた時も。暖炉の前で揺《ゆ》り椅子《いす》に座って過ごした時も。

わたしはお祖父様について話した記憶がある。

「アデルの話から『お祖父様』がアデルのことを愛して、可愛《かわい》がってくれたって凄く伝わってきた」

フィー様が嬉《うれ》しそうに笑う。

「そんな『お祖父様』に僕のことを婚約者だって紹介してくれるんでしょ？　それなら、僕もきちんとご挨拶《あいさつ》しないとね」

「……ありがとう、フィー様……」

お祖父様が亡くなってから、お父様達はほとんどお墓へ行くことがなかったし、フィアロン侯爵令息は頻繁にお祖父様のお墓に行くわたしを陰鬱《いんうつ》だと言って、一度も一緒に来てくれることはなかった。

たとえ亡くなってもお祖父様はわたしの大好きなお祖父様で、だからこそ蔑《ないがし》ろにしたくない。

「今日はもう夕方だし、明日行こうね。お祖父様は好きな食べ物とか、好きなお酒とかある？」

「食べ物の好き嫌いはない人だったけど、お酒が好きで、よく寝る前に少しだけ飲んでいたわ」

「僕が選んでもいい？」

それに頷き返す。

「ええ、お願い。わたしはお酒に詳しくないから」

長生きな吸血鬼のほうが美味しいお酒も知っているだろう。

フィー様は「うん、任された！」とやっぱり嬉しそうな笑顔を浮かべていた。

笑った口元に吸血鬼特有の少し長い牙《きば》が覗《のぞ》いて、それがどことなく、可愛かった。

＊　＊　＊　＊　＊

翌日の午後、馬車に乗って教会へ向かった。馬車は公爵家のもので、フィー様が普段使っているらしく、見た目は品があるが落ち着いた雰囲気のものだった。

途中にあった花屋に寄って、お墓に供える花を買う。

本来、お墓に供える花は白が基本なのだけれど、お祖父様の好きだった赤いバラを選んだ。

……わたしも、赤いバラが好き。

わたしのようだとお祖父様はよく言ってくれたが、お祖父様も、燃えるような赤い髪に濃い緑の瞳《ひとみ》で、お揃《そろ》いの色が嬉しかった。赤いバラはわたしでもあり、お祖父様でもある。

わたしがバラを買ってもフィー様は止めなかった。

「アデルの『お祖父様』は赤いバラが好きだったたって言ってたよね。僕も赤いバラが好きだよ。アデルみたいで綺麗だよね」

馬車に戻ると、わたしの持つ赤いバラの花束《はなたば》を、フィー様が目を細めて眺める。

「ありがとう。……そう言ってもらえると、嬉しいわ」

赤いバラはわたしにとっては特別な花だった。

馬車がゆっくりと走り出し、教会へ向かう。

「ねえ、フィー様」

「なぁに、アデル？」

わたしが呼べば、フィー様がすぐに返事をする。

「フィー様は、ティナのこと、可愛いと思わなかったの？」

迎えに来てくれたあの日、フィー様はティナと会ったけれど、どういう訳かティナへ全く好意を抱かなかったように見えた。

それがとても不思議だった。これまで、ティナに会った誰《だれ》もが妹に好意を抱き、わたしは友人すらいなくなった。病弱だからか華奢《きゃしゃ》で、小柄で、可愛らしくて、ちょっと我が儘だけれど、それすら可愛いと受け入れられて。ティナを嫌う人なんていないだろうと思っていた。

フィー様が「ああ、あれね」と眉根《まゆね》を寄せた。

「全っ然、可愛くない」

嫌そうな顔でフィー様が続ける。

「姉の婚約者を奪うっていうのも常識的に考えてありえないって思うけどさ、それよりも、僕はこれまでずっと我慢してきた優しいアデルのほうがずっと好きだよ。それに、妹と会った時に『僕の気持ちが妹に向いてしまうんじゃないか』って不安になっていたよね？」

「……気付いていたのね」

ティナは自分が可愛らしい見た目だと分かっている。その上で、可愛らしく振る舞っているところがあって、わたしと一緒にいる時は、尚更、病弱でか弱い双子の妹を強調したがる癖《くせ》がある。

だから、もしかしたらフィー様もティナに惚《ほ》れてしまうかもしれない。

あの時は確かに、そうなってしまうかも、と不安を感じた。

「何となくだけどね」

少し寂《さび》しそうに微笑むフィー様に、疑ったことへの罪悪感を覚えた。

「ごめんなさい……」

「アデル、謝らないで。不安に感じるくらいには僕に気持ちを傾け始めてくれているってことでしょ？　僕からしたら、そういうところもいじらしくて可愛いと思うよ」

その言葉に落ち着かない気分になる。まるで心の内を見透かされたようだった。

そんな話をしているうちに目的地に到着した。

フィー様が降りて、その手を借りてわたしも降りる。

十日振りの教会は相変わらず静かで、人気《ひとけ》がなくて、それにホッとする。

「確か、初めて会った時はこっちにいたよね」

フィー様がわたしの手を引いて、のんびり歩き出す。

お祖父様のお墓へ向かいながらフィー様へ訊いた。

「そういえば、フィー様もあの日、ここに用があって来ていたの？」

「うん、ここ数年ちょっと周辺国を旅しててさ、帰って来たら知り合いが亡くなってて、花くらい供えようと思って」

「わたしがそれを邪魔してしまったのね」

「そんなことないよ。ちゃんと花は供えられたし」

墓石が並ぶ中、フィー様が立ち止まった。

「ここだったよね」

お祖父様のお墓の前だった。頷き、そっと、墓石の前にバラを供える。

フィー様がどこからともなく瓶《びん》を取り出し、それを、同じように墓石の前へ置いた。

酒には詳しくないけれど、値の張りそうなものだった。

二人で目を閉じ、しばし黙禱《もくとう》を捧げる。

……お祖父様、この間は驚かせてごめんなさい。

目を開けて、横を見れば、フィー様も目を開けた。

微笑みを浮かべたまま小首を傾げられて、何でもないとわたしは首を振った。

「お祖父様、わたしはフィアロン侯爵令息との婚約を破棄されてしまいました」

この間の時はきちんと報告出来なかった。している余裕もなかった。

「でも、心配しないでください。今日は、新たな婚約のご報告に来ました。こちらが、わたしの婚約者のフィー様です」

「ナイトレイ公爵家のイアン＝フェリクス・ナイトレイといいます、アデルのお祖父様」

フィー様は墓石に向かって礼を執った。

まるで、そこにわたしのお祖父様がいて、挨拶をするように振る舞ってくれるのが嬉しかった。

「アデル嬢が幸せになれるよう、僕は尽くすつもりです」

お祖父様がもし生きていたら、とても驚いただろう。婚約破棄された三日後には次の婚約を結んで、しかも元の婚約者の家よりも家格の高い公爵家の吸血鬼だなんて、想像もつかなかっただろう。

でも、お祖父様はきっと喜んでくれる。

「アデル、お前が幸せなら、それでいい」

そう言って、わたしを抱き締めてくれたと思う。

そんな風に考えているとフィー様に抱き寄せられた。

「きっと、君の『お祖父様』はアデルの幸せを願っているよ」

フィー様の言葉に頷いた。

……わたしも、そう思うわ。

「これからも僕はアデルを生かすよ」

フィー様がお祖父様の墓石を見ながら言う。

見上げていれば、わたしを見たフィー様が微笑んだ。

「アデルはお祖父様のところへ行きたいのかもしれないけど、僕はアデルに向こうへ行ってほしくないんだ。今は、少しだけでもいいから僕の我が儘に付き合うと思って、生きてくれないかな？」

死ぬのは良くないとか、生きていれば良いことがあるとか、そういう綺麗事《きれいごと》なんかじゃない。

自分の我が儘でわたしに生きていてほしい。わたしの気持ちを否定しているわけではない、その言葉は、わたしが聞いてきた色々な我が儘の中で一番優しいものだった。

「死なないとは、言えないわ」

発作のように死にたいと思う気持ちが強くなる。

そういう時、わたしはその気持ちを抑えられない。

この先の人生が恐ろしくて死にたいと願ってしまう。

「でも、フィー様が、公爵家の皆様が嫌なわけではないの。あそこはとても温かくて、優しくて、まるで夢みたい」

「アデルが望むなら、その夢みたいな場所にずっと居ていいんだよ。僕の腕の中で優しくて幸せな夢だけを見続けることも出来る」

いつも思う。フィー様の言葉は甘い誘惑だ。一度堕ちたら、きっと、二度と戻れない。

「……きっとそこには苦痛なんてないんでしょうね」

でも、今はまだ、そこへ行くのが怖い。わたしのその気持ちに気付いているのか、フィー様はそれ以上、わたしを誘惑することはなかった。

「僕はいつでも待ってるよ」

堕ちてくることを、と言われた気がした。

優しくて、明るくて、温かくて、そばにいるだけでお日様に当たっているみたいに心が癒《いや》される人。だけど、きっと優しいだけの人ではないのだろう。

昔、別の大陸から渡ってきた絵本で読んだことがあった。

そこでは吸血鬼は悪魔と同一視されていて、人間を堕落に誘う悪しき存在として描かれていた。

……あながち、間違いではないのかも。

横にいる吸血鬼はわたしを堕落させようとしている。

その手の中に堕ちれば幸福に満たされるだろう。

終わりがあるから、怖くなる。どんな物事にもいつかは終わりが訪れる。

幸福を知ってしまえば絶望しか残らない。

「体が冷えちゃうし、そろそろ馬車に戻ろうか」

でも、わたしはその温《ぬく》もりを知ってしまった。

「時間があるなら、中央広場に行かない？」

朝食後、わたしの部屋に来たフィー様が言う。

「カフェとかも考えたけど、中央広場のほうが貴族も少なくて人目を気にしなくていいよね」

「人目？」

「貴族の中には君を悪く言う人達もいるでしょ？　そういう人達がいるかもしれない場所だと、アデルが心から楽しめなさそうだから」

まじまじとフィー様の顔を見れば、フィー様が不思議そうに首を傾げ、それから何かに気付いた様子で慌て出した。

「あ、アデルとの関係を隠してるわけじゃないよ⁉」

「それは知ってるわ」

先ほどの朝食の席で婚約を発表することが決まったが、その時もフィー様が「早く発表したい！」と押し切って、公爵が一番日取りの良い五日後にということになったのだ。

ちなみに、その婚約発表の日にお客様が来るらしい。

誰《だれ》が来るのか訊くと、あっさり教えてもらえた。

「私とイアンの両親だ」

公爵とフィー様の両親、つまり、この国の国王と王妃である。それに気付いた瞬間、呼吸が止まった。お忍びで公爵家を訪れるそうで、公爵様いわく、わたしの顔が見たいだけとのことだった。

フィー様との婚約を反対しているわけではない。

そもそも、反対されていたら婚約届は受理されないし、両陛下は放任主義だそうで、子である公爵やフィー様の結婚についても特に口を出すような方達ではないという話だった。

「ほら、発表したら『婚約者』だけど、それまでは『恋人』ってことになるでしょ？　せっかくだから恋人らしいことをして過ごしたいなあって」

わたしの様子を窺《うかが》うように見つめられる。

……恋人、なのかしら？

フィー様との婚約は受け入れたし、フィー様に一目惚《ぼ》れしたと言われて、わたしの人生を欲しいとも言われた。確かに、告白を受け入れたようなものだ。

でも、この美しい吸血鬼がわたしの恋人と言っても、何だか実感が湧《わ》かないのだ。

……それに恋人同士って何をするの？

フィアロン侯爵令息と婚約していたけれど、夜会へ共に出席すること、義務としての手紙のやり取りや互いの家への訪問くらいしか、したことがない。

「恋人なんていなかったから、何をすればいいのか分からないけれど、それでもいい？　出かけてもつまらないかもしれないわ」

少なくともフィアロン侯爵令息はわたしと過ごしている時、いつもつまらなさそうだった。

だけどフィー様は嬉《うれ》しそうな顔でわたしの手を握る。

「じゃあ僕がアデルの最初で最後の恋人だね！　アデルと一緒にいるだけで楽しいのに、つまらないなんて思わないよ！」

さっそく準備をして行こう、とメイドに預けられる。出かけるために外出用のシンプルなドレスに着替えて、髪をまとめてもらい、化粧も薄く施してもらう。ドレスは家から持ってきたものだ。

明日か明後日には、先日フィー様が買った大量のドレスが届くそうで、それらが届いたら、伯爵家から持ってきたドレスを着ることはなくなりそうだ。

着替えを済ませるとフィー様が戻ってくる。

フィー様は普段着の上から丈の短いコートを着ている。

「今日は中央広場でちょっと過ごしたら帰ってこよう？　あんまり人が多いと疲れちゃうし、一日で全部済ませちゃうより、毎日一つずつ楽しいことがあったほうが長く楽しめるでしょ？」

そういうわけで、中央広場へ出掛けることになった。

＊　＊　＊　＊　＊

馬車で広場の近くまで向かい、大通りから少し離れた場所に降ろしてもらう。

思ったよりも人気《ひとけ》が多くて驚いていると、目の前にフィー様の手が差し出された。

「はぐれると困るから、手を繋《つな》いで行こっか」

その手に自分の手を重ねれば、優しく握り返される。

そしてフードを目深に被って歩き出したフィー様に促されて、わたしも大通りに出て、フィー様と並んで歩く。こんな人目の多い場所で手を繋いでいたら目立つのではないかと辺りを見れば、意外と、似たような人が多いことに気付く。仲の良さそうな人々が当たり前のように手を繋いでいる。

わたしとフィー様も目立っていない。

「今日はいい天気だね。出かけるのにピッタリだ」

空を見上げたフィー様に釣られて、わたしも顔を上げる。

雲一つない真《ま》っ青《さお》な明るい空がそこにあった。暖かな日差しがドレス越しに感じられて、時折吹くそよ風のおかげで暑過ぎるということもなく、過ごしやすい。

……ああ、眩《まぶ》しい……。

こうやって空を見上げたのは久しぶりだ。

二週間前は婚約を破棄されて死のうとしたのに、たった数日の間に状況も環境も変わり、こうして青空の下を歩いている。

わたし一人ではきっとどうしようもなかった。

それなのに、フィー様と出会って全《すべ》てが一変した。

周りの人々は幸せそうに、楽しそうに笑っている。

決して、わたしはそうはなれないと思っていた。

しかし今は違う。同時に、今までずっと俯《うつむ》いていたことに気付く。

両親や兄から愛されず、婚約者とも不仲で、双子の妹には好き勝手にされて、俯き続けた。

でも、本当はわたしが俯く必要なんてなかったんだ。

きちんと顔を上げて反撃すれば良かった。両親も兄も、わたしがまっすぐに見つめた時、まるでありえないものでも見たかのように驚いていたけれど、それはわたしが今まで何もしてこなかったから。

「ねえ、見てアデル！　このピアス、蝙蝠だよ！」

通りに面した店先に飾られた商品を見て、フィー様が楽しげに笑っている。

ただ歩いているだけなのに。わたしといるだけで楽しいという言葉を思い出す。

「可愛《かわい》いピアスね。フィー様の蝙蝠みたい」

「やっぱりアデルもそう思う？　買っちゃおうか」

フィー様と店に入り、店員に声をかけてピアスを持ってきてもらう。

店員はフィー様の顔を見て、吸血鬼だと気付いたようだけれど、何も言わなかった。

ピアスは黒い蝙蝠がモチーフで、その下に綺麗《きれい》にカットされた黒い宝石が連なっている。宝石はブラックオニキスらしい。フィー様は迷わず、同じピアスを二つ買った。

それから、その場で自分のピアスを外して、その蝙蝠のピアスをつけるとわたしのほうを振り返る。

「どう？　可愛い？」

長い銀髪を手で退かしつつ耳を見せられる。

意外と似合っていた。

「……可愛いわ。とても似合ってる」

そう答えればフィー様がパッと明るく笑った。

「こっちはアデルの分だよ。……僕がつけてもいい？」

「ええ、お願い」

伸びてきた手が丁寧にわたしの耳からピアスを外し、新しいピアスをつける。

少しくすぐったくて、肩を竦《すく》めてしまった。つけ終わるとフィー様がわたしを見る。

「うん、アデルも可愛い。よく似合ってるよ」

頭を動かすと、ピアスの揺れる感覚がした。今、わたしの耳にはフィー様とお揃《そろ》いの蝙蝠のピアスが揺れているのだろうと思うと、急に気恥ずかしくなった。

ついピアスに触れてしまう。ちゃり、と耳元で小さく音がする。

「ふふ、お揃いだね！」

フィー様が会計を済ませ、元々つけていたピアスを箱に入れて返してもらう。

それをフィー様が影に入れた。

「これで屋敷の僕の部屋に送ったから」

伯爵家にいた時に果物などを出した、あれである。

……何度見ても便利でいいわね。

手を繋ぎ直して店を出る。

「いい買い物が出来たなあ」

フィー様はご機嫌だった。

繋いでいないほうの手でもう一度ピアスに触れる。

指先で辿《たど》れば、可愛らしい蝙蝠の形が分かった。

「……わたしも、嬉しいわ」

返事のように繋いだ手に少しだけ力が込められた。

それから中央広場まで通りの店を眺めながら歩いていった。

他に欲しいものはなかったが、あれこれと話しながら見て回るのは楽しくて、フィー様が変なお面をつけて見せた時はおかしくて、声を上げて笑ってしまった。

淑女が大きな声で笑うのは良くないというのに、笑うわたしにフィー様は嬉しそうな顔をした。

わたしを笑わせるためにお面をつけたり、外して変な顔をしてみせたりして遊んでいたせいで、お店の人に怒られて、二人で謝ってお店を離れた。少し離れてから、フィー様と顔を見合わせた。

「あの店のおじさん、厳《いか》つい顔だったね！」

こんな感じ、とフィー様が自分の両目の目尻を指で吊り上げて、口角を引き下げて、真似をする。

それがおかしくて、また笑ってしまった。

フィー様もすぐに笑い出して、二人で声を上げて笑いながら通りを並んで歩く。

周りが賑やかだからか、声を上げて笑っても、誰も変な目でわたし達を見ることはなかった。

「アデル、ほら、あれが王都一大きな噴水だよ」

フィー様が指差した先には大きな噴水があった。

わたしが両腕を広げても十人くらいいないと囲めないようなその噴水は、中央に美しい男女二人の彫刻があり、彫刻は大事そうに壺を抱えている。噴水の縁では人々が座って休んでいた。

わたし達も噴水へ近付く。

「……あ、お金が……」

覗《のぞ》き込んだ噴水の中には銅貨が沢山沈んでいた。

よくよく見れば、彫刻の足元などにも落ちていて、多くの人々がそれらを投げたことが窺えた。

「みんな投げてるんだね」

フィー様も噴水を面白《おもしろ》そうに見た。それから、何枚かお金を取り出した。

周りの人々も分かっているのか、壺の口が向いている彫刻の正面には誰も座っていない。

フィー様がお金の重さを確かめるように、何度か手の上で小さく放る。色からして銀貨だろう。

「落ちたお金はずっとそのままなのかしら？」

「年に一回、回収するらしいよ。でも投げたお金を拾うと『失敗や不幸を呼び込む』って言われてるから、中のお金を持ち帰る人はあんまりいないみたい」

「なるほどね」

フィー様が噴水から少し離れて立つ。

わざわざ投げる場所の指定があるらしく、地面に、ご丁寧に円が描かれていた。

そこにフィー様が立つと周囲の人々の視線が集まる。

フィー様はそれを気にした様子もなく、軽い仕草で持っていた銀貨を噴水へ投げた。

綺麗な放物線を描いて、吸い込まれるように銀貨が壺の中へ綺麗に入る。

チャリン、と澄んだ音が響くと、周りの人々がワッと歓声を上げた。

その声はフィー様が一度で入れたことへの賞賛だった。

そしてフィー様が円から出て、わたしのところへ戻って来た。

「一度で入るなんて凄いわ」

距離があるし、壺は口がそれほど広くないので、一度で入れるのは難しいだろう。

「吸血鬼は身体能力も高いから、これくらいは難しくないんだ。アデルも投げてみる？　面白いよ」

「銅貨でいいわ。多分、失敗するから」

「はい、どうぞ」

フィー様から銅貨を一枚もらう。

円の中へ入りつつ、手の中で銅貨の感触を確かめた。

視線を感じながらも壺へ意識を集中して、力いっぱい、銅貨を放り投げた。

銅貨は壺の少し上の彫刻に当たり、カチャーンと甲高い音を立てて上へ弾かれる。

……やっぱり、入るわけがないわね。

周囲の人々も、ああ、と残念そうな声を漏《も》らす。

しかしフィー様が「あ」と呟《つぶや》いた。

「入る！」

フィー様の声がやけに大きく響き、上へ弾かれた銅貨がまるでフィー様の言葉に従うように落ちて、そして壺に入った。チャリン、と澄んだ音がして、また歓声が上がった。

フィー様が近付いてきて、わたしを抱き締める。

「良かったね、アデルの願いはきっと叶《かな》うよ！」

入るとは思わなくて呆然《ぼうぜん》としているわたしを抱き締めたまま、フィー様が、投げたわたしよりも喜んでくれる。

「わたしは特に叶えてほしいことはないのだけれど……」

「そうなの？　せっかく入ったんだから、何か願ってもいいいんじゃない？　僕も願いを込めながら投げたよ」

公爵家のフィー様なら、大抵の願いは叶えられるだろうに、何を願ったのか少し気になった。

伯爵家を出たいというわたしの願いはフィー様が叶えてくれた。

「それなら、フィー様の願いが叶うように祈るわ。あなたはわたしの願いを叶えてくれたから、わたしの分はフィー様にあげる」

そのほうが叶う確率が上がるかもしれない。

フィー様の紅い瞳《ひとみ》が煌《きら》めいた。

「ありがとう、アデル！　僕は君が大好きだよ!!」

叫ぶような声と共に少し強く抱き締められ、フィー様の喜びが伝わってくる。

こんなことで、これほど喜んでもらえるとは思わなくて驚いたものの、そっとその背中に腕を回して、わたしは初めてフィー様を抱き締め返した。

恋愛感情というのはまだよく分からないけれど、フィー様のことは好意的に感じているし、婚約者がフィー様で良かったと思っている。

「フィー様、婚約者になってくれて、ありがとう」

お日様に当たっているような温《ぬく》もりに包まれる。フィー様と出会って、伯爵家から連れ出してもらって、まるで毎日が陽《ひ》だまりの中にいるように暖かい。

「あなたのことをもっと知りたいわ」

「アデルがそう望んでくれるのが嬉しいよ」

そう、耳元で囁《ささや》いたフィー様の声は、出会ってから今までの中で一番幸せそうなものだった。

ご挨拶

Chapter.9

公爵家に来てから二週間。わたしとフィー様の婚約が今日、発表される。

夜会などを催すわけではなく、ただ、他の公爵家や分家へ通達が行くだけだ。

しかし、一度公にしてしまえば簡単には取り消せない。

……そんなことよりも……。

「結婚する前にも絵を残しておかなくてはダメよ。普段と、結婚式と、その後と、思い出は沢山あって困ることはないもの。部屋いっぱいに絵を飾るくらいの気持ちでいなさい」

「そうだよね、アデルは人間だから歳《とし》を取っていくし、毎年描いてもらってもいいくらいだよね」

「そうよ。肖像画でなくても、新しいドレスを着る度にデッサンだけでもあると違うわよ」

わたしの横にいるフィー様が、向かいのソファーに座る、銀髪に紅い瞳《ひとみ》の、フィー様とよく似た顔立ちの女性と楽しげに盛り上がっている。

その女性の横にも銀髪に紅い瞳の公爵に似た男性がいて、女性を微笑ましそうに眺めていた。

公爵と夫人は別のテーブルにいて、公爵は少し呆《あき》れたような顔をしていたが、夫人は「あらあら」とおかしそうに微笑む。わたし以外は全員、純血種の吸血鬼である。

向かいのソファーにいる方々こそ、この国の両陛下であり、公爵とフィー様のご両親でもあった。

「もし吸血鬼に転化するなら、転化前に髪は切ったほうがいいわ。それで鬘《かつら》を作れば、いつでも赤髪と銀髪、両方のアデルが見られるわよ？」

「母上、天才！」

……これは、どうすればいいのかしら……？

フィー様達の話が盛り上がり過ぎて、口を挟む隙がない。

わたしが想像していた両陛下へのご挨拶とは、程遠い状況になっていた。

＊　＊　＊　＊　＊

婚約発表当日は朝から忙しかった。両陛下にお会いするのだからと朝から念入りに身支度を整えて、お二方がお越しになる時間まで待つ。

フィー様も今日はいつもより華やかな装いだ。

「ここ数日、楽しかったね」

中央広場へ出かけたあの日から、観劇に行ったり、本屋に行ったり、貸し切りのレストランで食事をしたり、フィー様はわたしを外へ連れ出してくれた。観劇は喜劇を一緒に観て笑い合ったし、本屋では実はお互いの好きな作家が同じだったということが分かって話が盛り上がったし、貸し切りのレストランではフィー様が自らバイオリンの演奏をして聴かせてくれた。

どれもこれも楽しくて、毎日があっという間に過ぎていく。

「そうね、時間が過ぎるのが早かったわ」

夜はこっそりわたしの影に隠れている蝙蝠の姿でフィー様がそばにいて、わたしが眠るまで、寄り添ってくれる。最初の頃よりも、わたしの死にたいという発作は回数が減っていた。

怖くて、不安でたまらなくなることはあるけれど、そういう時は気持ちが落ち着くまでフィー様に抱き締められて過ごした。

フィー様の腕の中は少しドキドキするが、それ以上に温かくて安心する。

「これからも一緒に出掛けようね。王都中巡って、もうどこも行ってないとこがないってくらい、遊ぼう？」

「それはとても時間がかかりそうね」

「僕達は婚約したんだから時間はいくらでもあるよ」

当たり前のように返された言葉に胸が温かくなる。

……わたしもフィー様との婚約を大事にしたい。

その後は取り留めもない話をして時間が過ぎていく。

午後になり、両陛下の到着する時間の少し前にわたし達は玄関へ向かった。

既に出迎えの使用人達が待機しており、わたし達のすぐ後に公爵夫妻も姿を現した。

……これから両陛下が本当にいらっしゃるんだわ。

そう思うと緊張してくる。

「大丈夫だよ、アデル。父上も母上も怖くないよ」

わたしの緊張を感じ取ったのかフィー様が言う。

「ああ、イアンの言う通り、両陛下は穏やかな方だ。アデル嬢と会うのを、特に母は楽しみにしているらしい。母は自由な人だから少し驚くかもしれないが……」

「あ～、それはあるかもね」

公爵とフィー様が苦笑し、夫人が「ふふふ」と訳知り顔で小さく笑う。

「ともかく、そんなに緊張しないで？　そのうち家族になるんだし、気楽に接してくれたほうがきっと母上は喜ぶよ」

そう言われても、この国の頂点に立つ方々だ。

わたしの緊張を宥《なだ》めるようにフィー様に手を握られる。

それで、強張っていた体から少し力が抜ける。

公爵夫妻はふっと顔を動かした。

「ああ、到着したようだ」

公爵の言葉のすぐ後に馬車が見えた。

使用人達の背筋が伸び、わたしも気合いを入れて姿勢を正した。

馬車が停まり、執事が扉を開け、足元に階段が置かれる。

馬車から銀髪の男性が降りてきた。

四十代ほどの、短い、輝くような銀髪を後頭部へ撫でつけており、紅い瞳は公爵やフィー様とよく似た色で、公爵がもう少し歳を重ねればこのようになるのだろうという容姿だった。

その後に、男性の手を借りて女性が降りてくる。

同じく四十代ほどの、緩く巻かれた輝くような銀髪に紅い瞳の女性は、フィー様を女性にしたらこんな感じなのだろうといった容姿である。

どちらも美男美女で、まるで芸術品のように美しい。思わず見惚《みほ》れてしまいそうになる。

「ようこそおいでくださいました、父上、母上」

礼を執る公爵夫妻に合わせて、わたし達も礼を執る。

使用人達も一糸乱れぬ動きで出迎えた。

「マシューもソフィアも元気そうで何よりよ」

女性、王妃様だろう方が言った。

それにフィー様が少し、不満そうに返す。

「僕は？」

「イアン、あなたが元気なのはいつものことでしょう？」

「旅から帰ってきたなら、報告くらいしなさい」

「う、それは、ごめんなさい……」

王妃様と陛下の言葉にフィー様はバツが悪そうな顔をして、それから謝罪をする。

そして、王妃様の視線がわたしに注《そそ》がれた。

「両陛下にご挨拶申し上げます。ウェルチ伯爵家の長女アデル・ウェルチでございます。この度は婚約をお許しくださり、ありがとうございます」

優美に見えるように出来る限り、ゆっくりとカーテシーを行う。

あら、と明るい声が響く。

「なんて綺麗《きれい》なカーテシーかしら！　優雅で、華やかで、まるで大輪のバラが咲いたみたいだわ」

王妃様が明るい表情でそうおっしゃってくださった。

今まで、礼儀作法で褒められたことなどない。

わたしがどれほど努力して美しいカーテシーを行っても、いつだって可愛《かわい》らしいティナが少し不器用な仕草で行ったカーテシーのほうが愛らしいと言われた。

「そう、僕のアデルはバラだよ。凄く綺麗な人なんだ」

わたしの手を取り、フィー様が自慢げに笑う。

今、やっと、これまでしてきた努力が報われた。

「ありがとう、ございます」

笑おうとするのに視界が滲《にじ》む。

「わ、アデル、大丈夫っ⁉」

慌てた様子のフィー様がわたしの肩を抱き、取り出したハンカチを頰《ほお》に当ててくれる。

そこで、自分が泣いていることに気が付いた。

死のうと決意した時でさえ涙は出なかったのに。

「どこか痛いの？　もしかして体調、悪かった？」

「いいえ、違うの。……褒めていただけたことが、嬉《うれ》しくて……」

欲しい言葉はいつだって、欲しいと思った相手からはもらえなかったけれど、だけど、それはもういいのだ。わたしはもうあの家に帰るつもりはないのだから。

すぐに涙を拭き、頭を下げる。

「見苦しい姿をお見せしてしまい、失礼いたしました」

「いいのよ、ウェルチ伯爵令嬢……いいえ、アデル。あなたがこれまでどんな扱いを受けて、どう過ごしてきたか、この場にいる誰《だれ》もが知っているわ。むしろ、よく今まで耐えたわね」

「そのお言葉だけで、救われるような気持ちでございます」

微笑んだ王妃様が近付いて、わたしの手を取った。

「さあ、マシュー、応接室へ案内してちょうだい。わたくし達の可愛い息子が選んだ素敵な婚約者ともっとお話ししたいわ！」

「母上、父上、どうぞこちらへ」

公爵様が苦笑しつつ、屋敷の中へ陛下と王妃様を案内する。

王妃様とフィー様に挟まれたまま、わたしは応接室へ向かうことになった。

さすがに応接室では王妃様は陛下のおそばに座られたけれど、熱心に見つめられて、少し落ち着かない。

「改めて、マシューとイアンの父ルイ＝ロマン・シュナイトという。こちらは私の妻のミシェルだ」

「ミシェル＝アリソン・シュナイトですわ」

その後、王妃様はわたし達の出会いから婚約までのことを、かなり詳細に聞き出すと、目尻をつり上げてフィー様を見た。

「まあ、ではまだイアンの片想《かたおも》いに近いのね！　それで婚約を取りつけるなんて、あなた、アデルの弱みにつけ込んだのではなくって？」

「それは、まあ、そういう部分はあったかもだけど……」

「アデルにきちんと謝ったの？」

「……アデル、ごめんなさい……」

王妃様に叱られてしょんぼりとフィー様が肩を落とす。

こちらの様子を窺《うかが》うように身を縮こませ、上目遣《うわめづか》いで見つめてくるフィー様が少し可愛かった。

「フィー様が謝る必要はありません。あなたのおかげでわたしはあの家から出られて、ここでの暮らしは明るくて、温かくて、楽しくて、毎日が夢のようです」

俯《うつむ》きかけていたフィー様の頬に手を伸ばし、顔を上げさせる。

わたしが微笑むだけでフィー様も嬉しそうに笑ってくれて、そんな、何気ないことが嬉しかった。

「そう、イアンの我が儘に付き合わされているわけではないのね？」

「はい、わたしはわたしの意思でここにおります」

「息子だけの片想いではなさそうだ」

「ええ、良かったわ」

陛下と王妃様が穏やかに微笑む。しかし、それからの王妃様の勢いは凄かった。

何故《なぜ》かわたしの好きな食べ物や色、どういったドレスや装飾品を好むかなど色々と訊かれて、横でフィー様がそれを真剣な表情で聞いていた。

しかも途中からフィー様へあれこれと助言を始めて、そして冒頭へ至る。

「髪の長いアデルも美人だけど、髪を短くしたアデルもすっごく可愛いんだろうなあ」

恐らくわたしの短い髪を想像しているのだろう、フィー様がニコニコ顔で言う。

「短い髪、わたしに似合うかしら？」

昔は双子だからとわたしとティナはよく、色違いでお揃《そろ》いのドレスを着たり、同じ髪型をしたりしていた。だけど、いつも可愛いと言われるのはティナだった。

だからわたしは髪を伸ばして、少し巻いて、ティナと違う髪型にしたのだ。

しかしティナもわたしの真似をして髪を伸ばしてしまい、結局、変わらなくなってしまったが。

「絶対似合うよ！」

「じゃあ今度切るわ」

「あ、その髪で僕用の鬘を作ってもいい？　そうしたらアデルとお揃いの髪で出掛けたいな」

「フィー様が望むなら作りましょう」

フィー様は何度も頷《うなず》いた。

「ふふ、あなた達、婚約者と言うより夫婦みたいね」

王妃様達の視線を辿《たど》れば、いつの間にか、わたしの手の上にフィー様の手が重なっていた。

フィー様と出会ってからは毎日のようにこうして手を繋《つな》いでいたから、最近ではこれがわたしにとってのいつも通りで、触れていることに気付かなかった。

でも、こうしていると心が落ち着く。

「僕はもうそのつもりだけどね」

そんなフィー様の言葉に和やかな笑いが広がる。

わたしはそっとフィー様の手を握り返した。

「この子がいきなり『結婚したい人がいる』と言い出した時はどうなることかと思ったが、互いに良い方向に進んでいるようで何よりだ」

陛下の横で王妃様も頷いている。

「はい、わたしにとって、フィー様との出会いは今までの人生で一番の幸運です」

「それは僕も同じだよ」

ギュッと握り返された手の温もりが心地好い。

……優しい方々だわ。

社交界では、吸血鬼は高潔で誇り高く、少し傲慢《ごうまん》なところがあると聞いたことがあったけれど、こうして直に接してみても傲慢さなど欠片《かけら》も感じられない。優しく、とても寛容で、穏やかだ。

いきなり現れたわたしが良く思われなくても仕方がないのに、公爵夫妻も両陛下も、わたしを気遣ってくれているのが伝わってくる。人間の、伯爵家の娘に過ぎないわたしを、だ。

「改めて、これからよろしくお願いいたします」

頭を下げ、そして上げると、公爵夫妻も両陛下も、穏やかな表情を浮かべていた。

「こちらこそ息子をよろしく頼む」

「ちょっと我が儘だけど、イアンは悪い子ではないの。もし我が儘が過ぎるようなら、わたくし達かマシュー達に言ってね。きちんと叱ってあげるわ」

それにわたしは自然と笑みが浮かぶ。

「ありがとうございます。ですが、フィー様の我が儘はいつも、わたしのためを思って言ってくださるものなので、それがとても嬉しいのです」

我が儘と言いながらも我が儘ではない。

「そうなのね」

両陛下が嬉しそうに微笑んだ。

その後も和やかに会話は弾み、お二方は満足そうな様子でティータイムを過ごすとお帰りになられた。お見送りをして、公爵夫妻と少し話した後に部屋に戻る。

フィー様が当たり前のようについて来た。

「まったく、母上ばっかりアデルと話してずるいよ」

何度も聞いて、嫌な思いをしてきた『ずるい』という言葉も、フィー様が言うと全く嫌な気分にならない。むしろ微笑ましくて、わたしのことで嫉妬《しっと》してくれているのが嬉しくて、それに内心で、ああ、と気付く。

……まだ、出会ったばかりなのに。

わたしは、多分、フィー様に惹《ひ》かれている。

とく、とく、と心臓が早鐘を打つ。

繋がった手を握れば、フィー様が振り返る。

「わたし、フィー様をきっと好きになるわ」

唐突なわたしの言葉にフィー様が驚いた様子で目を丸くして、そして、輝くような笑顔でわたしの両手を握った。

「ありがとう、アデル」

それは、わたしの台詞だろう。

「焦《あせ》らなくていいから、その気持ちを大事にして、ゆっくり僕のところまで来てね。僕はいつまでも待つよ」

「大丈夫、きっと、そんなに待たせないわ」

「それは凄く嬉しいな」

抱き寄せられて、フィー様の腕の中に閉じ込められる。

……ずっとこうしていられたらいいのに。

嫌なことも、見たくないことも、聞きたくないこともない、温かで優しい、夢のような場所。

「アデルも、僕の『好きになる努力をしてほしい』って願いを叶《かな》えてくれてありがとう」

言われて、それを思い出した。

好きになる努力なんてしなくても、フィー様を嫌いになる人などいないだろう。

この人がわたしの婚約者だと思うと不思議な気持ちだ。

本当にふわふわと夢の中にいるようだ。

その日、わたしとフィー様の婚約が発表された。

後日、各公爵家や王家から、婚約祝いの品が色々と届いて、それらがあまりに豪華でかなり驚いたのだけれど、それはまた別の話である。

＊　＊　＊　＊　＊

フィー様のご両親に挨拶を済ませた日の夜。

わたしはなかなか寝付けなくて、月が天上から傾いてもまだ起きていた。

ベッドから起き上がり、窓を開けてテラスへ出る。

……今日は満月なのね。

大きく丸い月が空に浮かんでいる。

ぼんやりとそれを眺めていると足元の影から蝙蝠が飛び出してくる。

『アデル、眠れないの？』

夜だからか、抑えた声で蝙蝠のフィー様が問う。

「だって今日は国王陛下と王妃様にお会いしたのだもの。まだ緊張しているわ」

見下ろしたわたし自身の手は微《かす》かに震えていた。

陛下も王妃様もお優しい方だったけれど、伯爵家の令嬢に過ぎないわたしが両陛下とあんなに間近で接する機会なんて本来はないので、どうしたって緊張してしまう。

きっと至らない所も多かっただろう。そう思うと少し気恥ずかしい。

掌にフィー様がちょんと乗る。重さはあまりない。

『父上も母上も、アデルのこと凄く気に入ったみたいだったし大丈夫だよ』

「そうかしら？」

『そうだよ』

フィー様に『大丈夫』と言ってもらえると安心する。

もう片手で蝙蝠を撫でた。

『あ、眠れそうにないなら散歩でもする？』

その提案に、悪くないかも、と思う。

こうして部屋にいてもまだ眠れそうにない。

「ええ、少し体を動かせば眠れると思うわ」

『じゃあ、ちょっと待ってて！』

と、フィー様が言って、蝙蝠は影へ飛び込んで行った。

そうして待っていると隣の部屋の窓が開き、ラフな格好のフィー様がテラスへ出てきた。

その手には黒いシンプルなローブが握られている。

フィー様は慣れた様子でテラスの柵《さく》を乗り越えると、隙間《すきま》を軽く跨《また》いで、わたしの部屋のテラスへ移動した。柵を乗り越えてわたしのそばへフィー様が立つ。

「僕が夜にこっちへ来たのは秘密にしてね。兄上に怒られちゃうから」

しーっと唇の前に指を立てて言うフィー様に頷いた。

それから、手に持っていたローブをわたしへ羽織らせると、しっかり前を閉じる。

「今から翼を出すけど驚かないでね」

そう言って、フィー様が少し背を丸めた。

次の瞬間、バサッと黒い翼がその背中に広がった。

黒く尖《とが》ったその翼は蝙蝠のものとよく似ているが、かなり大きい。

「こっちにおいで」

差し出された手に自分の手を重ねる。

引き寄せられ、ふわっと抱き上げられた。

「きゃっ……⁉」

思わずフィー様に抱き着くと、紅い瞳が丸くなる。

「あ、ごめんね、説明すれば良かったかな？」

困ったように下がる眉《まゆ》に、わたしは首を振った。

「いえ、大丈夫よ。散歩と言っていたけれど、もしかして……」

「うん、アデルの想像通りだよ。夜空の散歩はどう？　今日みたいな満月の日は、夜でもずっと遠くまで景色が見えるんだ。きっとアデルも気に入ると思う」

……空の散歩ってことはやっぱり飛ぶのよね？

興味がないわけではないが、空を飛ぶことへの怖さもある。

ジッと見つめてくるフィー様を見つめ返す。

「怖いならやめるけど……」

ちょっとしょんぼりするフィー様が可愛い。

それに自然と笑みが浮かんだ。

「怖いけど、フィー様はわたしのことを落としたりしないでしょう?」

「うん、絶対落とさないよ!」

そういうことで、深夜にこっそり散歩をすることになった。

フィー様がわたしを抱き上げたまま、柵に足をかける。

「飛ぶよ」

頷き返し、ギュッとフィー様に抱き着く。

バサリと音がして、ぐっと体が下に押さえつけられるような感覚がする。

けれどもそれは数秒で、風が頬を撫でていくのを感じた。

「アデル、目を開けて」

優しいフィー様の声にそっと目を開ける。

見上げた先にはフィー様がいて、その向こうにいつもより少し大きな月が見えた。

「ほら、下を見て。王都が一望出来るよ」

促されて視線を動かし、広がる光景に息を呑《の》んだ。

空には大きな満月が浮かび、無数の星々が煌《きら》めき、月明りに照らされた眼下には王都があった。

月光は王都だけでなく、その更に外に広がる森、そして遠くの山々までが照らし出されている。

遠く、遠く、どこまでも、世界は広がっていた。

……なんて美しいの……。

生まれて初めて世界というものを見たような気分だった。

わたしの苦しみや悩みなんて小さなものだと言われたような心地だった。

「凄く綺麗でしょ？」

フィー様の言葉に頷くことしか出来ない。

言葉で表現出来ないほど美しく、荘厳で、果てしないほど広大な世界。

「……わたしの世界は、とても狭かったのね」

この世界からしたら、伯爵家などあまりに小さくて。

わたしはずっと、そんな狭い世界の中でしか生きてこられなかったのか。

そう思うとなんだかとても勿体《もったい》ない生き方をしていたのだなと感じられた。

「僕も初めて空を飛んだ時にそう思ったよ。今まで生きてきた場所はなんて狭くて小さかったんだろうってね。世界はこんなにも広くて美しいのに」

同じくこの景色を眺めながらフィー様が言う。

「アデルが望むなら、この世界を巡ることだって出来る」

顔を戻せばフィー様が優しく微笑む。

「君は伯爵家から飛び立った。もう自由だよ」

……生きることは怖いと思うのに、どうしてかしら。

こんなに広い世界でも、こうしてフィー様がそばにいてくれると思うと、その広大さが怖くない。

触れている場所から伝わってくる体温が心地好い。

「でも、わたしは公爵家が好きよ」

この美しい世界を巡るのもきっと楽しいだろう。

だけど、今は優しく温かな公爵家で過ごしたい。

「……散歩に連れ出してくれてありがとう。こんなに美しいものは初めて見たわ」

「どういたしまして」

空を飛んだまま、しばらくフィー様と景色を眺めて過ごした。

眠るために行ったはずの散歩だったけれど、結局、余計に目が冴《さ》えてしまってその日は眠ることが出来なかった。わたしを部屋に送り届けた後、自室に戻ったフィー様だが、蝙蝠の姿で一緒に夜更かしをした。でもその寝不足は全く嫌なものではなくて、むしろいつもより気分がいい。

翌朝、二人して寝不足のまま朝食の席に行ったものだから、公爵夫妻は不思議そうにしていた。

朝食の途中、目が合ったフィー様のお茶目なウィンクが可愛くて少し笑ってしまった。

夜の散歩はわたしとフィー様だけの秘密である。

破滅の始まり

Chapter.10

驚いた様子でわたしの名前を呼ぶ声がする。

視界に映り込んだ髪は、まるで燃え尽きた後の薪のような、少しくすんだ灰白になっていた。

「な、何なの、これ……？　かがみ、鏡はどこっ？」

侍女が震える手で差し出した手鏡を受け取り、覗《のぞ》き込む。

そこには老婆みたいな灰白の髪に、泥のように濁った汚らしい色の瞳《ひとみ》をしたわたしが映っていた。

「っ、いやぁあぁぁああっ⁉」

……こんな、こんなの、わたしじゃない‼

手から滑り落ちた鏡が床に落ちて、砕け散る。

どれほど叫んでも、映る姿は変わらなかった。

＊　＊　＊　＊

わたし、ティナ・ウェルチは伯爵家に生まれた。

でも生まれた時から病弱で、同じ日に生まれた双子のお姉様は健康で、いつも羨《うらや》ましかった。

小さな頃は庭先を散歩することすらなかなか許してもらえなくて、季節の変わり目は体調を崩して、あれもダメ、これもダメと制限されてばかりでつらくて、悲しくて。

お父様もお母様も、お兄様も使用人のみんなも優しかったけれど、わたしはお姉様みたいに外を走り回ったり、お買い物に出かけたりしたかった。同じ双子なのにどうしてお姉様とは違うのか。

誰《だれ》かが言っていた。

「アデル様がティナ様の健康を奪ったんじゃない？」

お姉様は風邪をひくことも滅多にない。それなのにわたしは風邪一つが命取りになる。

双子のお姉様がわたしの分まで健康になって、わたしはお姉様の代わりに病弱になってしまった。

そう思うとお姉様が羨ましくて、憎らしいと思った。

……お姉様ばっかりずるい……。

わたしは苦い薬を毎日飲んで、沢山我慢しているのに、お父様達はお姉様にもわたしと同じように贈り物をする。しかもお姉様の持っているもののほうが、ずっとキラキラしていて、わたしのものより綺麗《きれい》だった。だから、お姉様の持っているもののほうが欲しかった。

「お姉様、ずるい。わたしも同じのがいい」

でも、同じものを買ってもらっても、どうしてかそれは輝いて見えなかった。

お姉様が持っているものだからこそ羨ましい。それから、わたしはお姉様のものを欲しがった。

最初は困っていたお父様達も、わたしが泣いて、体調を崩すようになるとお姉様に言った。

「お前のものをティナにあげなさい」

「あなたはお姉さんなんだから」

「ティナがあんなに泣いてかわいそうだ」

お父様達はわたしの味方だった。

お姉様は、最初は嫌がっていた。お父様達がお姉様を責めると、お姉様が傷付いた顔で俯《うつむ》いて、
でもお父様達はそれに気付いていなくて、最後には諦《あきら》めた様子でわたしの欲しいものを差し出した。

お姉様のものだったそれらは輝いていた。わたしに似合わないと分かっているものでも、お姉様が持っていたものが、わたしの手にあると思うと嬉《うれ》しかった。

……お姉様はわたしの健康を奪ったんだから、わたしがお姉様のものをもらうのは当然よ。

成長して体調を崩す回数が減ると、お母様とお姉様と一緒にお茶会に参加出来るようになった。

そこでも、誰もがわたしを褒めてくれた。

自慢のピンクブロンドの髪も、淡い緑の瞳も、春の妖精《ようせい》みたいだと。病弱で痩せて小さな体は華奢《きゃしゃ》で小柄で可愛《かわい》らしいと言われた。

そしてお父様やお兄様とよく似た、燃えるような赤い髪に濃い緑のお姉様はバラみたいだと。

わたしはバラが好きだった。髪に合わせてかピンクのバラをもらうことが多かったけれど、本当は、わたしは赤いバラのほうが好きだった。

でも、わたしに赤は似合わないと言われた。柔らかくて可愛い色のほうがいいと。

お姉様は赤いバラが似合うのに。

……お姉様は、ずるい。

わたしは自分の好きなものさえもらえないのに。

悔しくて、悲しくて、腹立たしくて、羨ましくて。だから、わたしはみんなの前で泣いた。

……お姉様なんて嫌われちゃえばいいの。

そうすれば誰もお姉様に赤いバラを贈ったりしない。

お姉様に虐《いじ》められていると泣いて訴えれば、みんな、簡単にわたしの言葉を信じてくれた。

お姉様は否定したけど、気の強そうな顔立ちと口調のせいか、誰もお姉様の言葉は信じなかった。

そうしてわたしは社交に出るとみんなから可愛がられた。

あまり頻繁に出かけることは出来ないけれど、お友達は沢山いて、手紙も沢山届くし、お父様達はわたしを愛してくれる。

お姉様に優しくするのはお祖父様くらいだったけれど、そのお祖父様は八年前に亡くなった。

お祖父様はわたしにもそれなりに優しくしてくれたが、お姉様のほうをわたしより可愛がっていたので正直、好きではなかった。

そんな風に過ごしているうちに、お姉様が婚約した。

婚約者はフィアロン侯爵家のデニス様といって、貴い吸血鬼の血を引く、銀髪に紅い瞳をした、整った容姿の素敵な方だった。わたし達が出会ったのはお姉様とデニス様が婚約した後で、わたし達は互いに一目で恋に落ちてしまった。互いに惹《ひ》かれていることにすぐに気付いた。

……どうしてお姉様はいつも、わたしの欲しいものを持っているの？

フィアロン侯爵家とウェルチ伯爵家の婚約は政略だと聞いた時、お姉様ではなくて、わたしだったら良かったのにと心の底から思った。

デニス様はとても優しくて、紳士的で、格好良くて、惹かれる気持ちを隠すことは出来なかった。

「デニス様はお姉様の婚約者だと、分かっています。それでも、わたしはデニス様が好きです……！」

気持ちを伝えると、デニス様は喜んでくれた。

「俺《おれ》もティナを愛している。一目会った時から、ずっと」

「嬉しい、デニス様……」

デニス様はお姉様に会うという名目で我が家に来て、わたし達は何度もお姉様に隠れて逢瀬を重ねた。お父様達にはすぐにバレてしまったけれど、何も言われなかった。

デニス様との密やかな関係は許されないと分かっていたものの、毎日が楽しくて、輝いていた。

お姉様の婚約者はわたしが好きで、お姉様は婚約者に愛されていない。

お姉様のものは、わたしがもらう。

手を繋《つな》いで、抱き締め合って、口付けして、そこからはもう、あっという間の出来事だった。

貴族の令嬢が婚姻前に純潔を散らすのはダメだと知っていても、デニス様との愛を確かめたかった。わたしはデニス様に愛され、そして、わたしのお腹《なか》に新しい命が宿った。

お父様達は最初、酷《ひど》く驚いて慌てていたが、わたしとデニス様が真実の愛で結ばれており、お腹にいるのがデニス様のお子だと分かると、急いで動いてくれた。

お姉様とデニス様の婚約は破棄され、代わりに、わたしとデニス様の婚約が結ばれた。

フィアロン侯爵家からはあまり良い顔をされなかったみたいだけど、認めたということは、結局お姉様でもわたしでも構わなかったのだろう。婚約届を即座に出して、お腹が目立つ前に結婚式を挙げてしまえば、周囲に知られることもない。多少、出産の時期がずれても早産で押し切ればいい。

お父様達はそう言っていた。

フィアロン侯爵家はお姉様よりも、デニス様のお子を宿して愛し合っているわたしを選んだ。

新たに婚約が結ばれた、わたしの誕生日にデニス様が屋敷に会いに来てくれた。

「ティナ、俺と結婚してくれ」

差し出されたのはピンクのバラだった。赤いバラではなかったのが残念だけれど、デニス様が選んだのはわたしで、わたしはお姉様の婚約者だったデニス様を手に入れた。

「はい、デニス様」

ピンクのバラを受け取って笑顔を浮かべる。

健康はお姉様に奪われた。

でも、お父様達の愛も、友人も、婚約者も、お姉様の持つ輝きは全《すべ》てわたしのもの。

……………それなのに、お姉様は。

デニス様との婚約を破棄したばかりなのに、数日後には、もうキラキラを手に入れていた。

月光のように艶《つや》やかな銀髪に、紅く煌《きら》めく瞳の、美しい吸血鬼の男性がお姉様の横にいる。

お姉様のものはわたしがもらっていいものなのだ。

デニス様を愛しているけれど、その男性を見た時、今までで一番胸が高鳴った。

最も可愛く見えるように、駒鳥のように愛らしいと言われたカーテシーを行い、名乗る。

ほとんどの人はこれでわたしに笑みを向けてくれる。

だけど、吸血鬼の男性はニコリともしなかった。

……お姉様がわたしの悪口を吹き込んだのね。

初めて向けられた冷たい目に、吐き捨てるような言葉に、侮蔑《ぶべつ》の込められた皮肉に、体が強張《こわば》った。足元から何かが崩れていく気がした。お姉様と吸血鬼の男性がいなくなっても、その気持ちは消えなくて、わたしは生まれて初めて屈辱というものを味わった。

侍女に「興奮するとお腹の子に良くございません」と言われてハッと我へ返り、深呼吸をする。

興奮すれば、確かにお腹の子にも、わたし自身にも影響がある。

頭の中で吸血鬼の男性の言葉が繰り返される。

「吸血鬼の血は昔から妙薬になると言われている。混血種《ダンピール》とは言え、吸血鬼の血が混じっているから、婚約者に血を分けてもらって飲めば、その虚弱体質は治るかもしれないね？」

……わたしが、健康になれる……？

ずっとずっと、お姉様に奪われてしまっていたものが手に入るかもしれない。

健康になり、デニス様と結婚して侯爵家に入り、デニス様のお子を産み、その子が男児であったなら、わたしの幸せは確かなものとなる。今の、この病弱な体で出産を迎えるのは危険すぎる。

お医者様にも、わたしの弱い体では出産に耐えられないかもしれないと言われている。

しかし、デニス様とのお子を諦めることは出来ない。

……でも、どうしてかしら。

会いに来てくれたデニス様を見ても、以前ほど、輝きを感じられなかった。大好きだし、婚約して、お腹にお子もいて、幸せなはずなのに、楽しかったはずの毎日がどこかつまらない。

お姉様はデニス様よりももっと素敵な方と婚約した。あの日お姉様と一緒にいたのは純血種の吸血鬼、それも、この国に四つしかない公爵家の当主様の弟君だとお父様達が教えてくれた。

公爵家の、それも貴い身分の吸血鬼と縁続きになれる。

お父様達は喜んでいた。お姉様が弟君と結婚するために必要な結納金も、結婚費用も、それどころか婚約後、お姉様が伯爵家を出て公爵家で過ごす、それにかかる費用も全て公爵家が持つ。

お姉様が羨ましくて仕方がない。公爵家はきっと、伯爵家よりもずっとキラキラしたものであふれていて、お姉様は伯爵家よりももっと良い暮らしが出来る。

今まで、お姉様の輝くものはわたしがもらえたのに。

あの吸血鬼の男性はわたしを拒絶した。

あれは手に入らないとすぐに分かった。それが悔しかった。

……お姉様でいいなら、わたしでもいいはず。

同じ伯爵家の娘で、わたしのほうが可愛くて、社交界でも有名で、誰からも愛されている。

……その、はずなのに……。

「デニス様、お願いがございます」

苛立《いらだ》ちを隠し、デニス様へ言えば、甘い笑顔が返ってくる。

「どうした、ティナ。君のお願いなら何だって叶《かな》えるよ」

出会った時に綺麗だと感じたデニス様の銀髪は、本物を見た後では輝きを失った銀みたい。惹き込まれると思った紅い瞳は等級の低い宝石のようで、どちらも本物を知ってしまうと紛《まが》い物《もの》にしか感じられない。誰よりも整っていると思った容姿も人間に比べればというものだった。

「吸血鬼の血は薬となるそうです。どうか、デニス様の血をわたしにいただけませんか？」

「ティナ、それは誰から聞いたんだ？」

「ナイトレイ公爵様の弟君です。先日、その方がお姉様と婚約した時に、教えてくださったのです」

デニス様は衝撃を受けた様子で「アデルが……？」と呟《つぶや》く。

でも、すぐに我へ返ったのかデニス様が顔を上げる。

「血を分け与えることは出来ない」

「そんな、どうしてですかっ？　デニス様の、吸血鬼の血を飲めば、わたしは健康な体になれるとその方はおっしゃっていました！」

デニス様が拳《こぶし》を握りしめる。

「吸血鬼の掟に、血を人間へ与えてはならないという決まりがある。それを破れば罰が下される」

「では、わたしが死んでしまっても良いのですかっ？　愛していると言うのなら、デニス様、わたしを救ってくださいませ！」

デニス様のことは大好きだし、お腹の子も大切だ。

だからこそ、わたしは出産で死にたくない。生きて、幸せにならなければいけない。

健康な体となって、本来わたしが受けるべきだった幸せを得るのが当然の権利なのだ。

「………分かった」

デニス様がわたしを見る。

「ただし、このことは絶対に秘密にしてくれ。掟に反したと知られないために、血を分けるのは伯爵家でこっそり行おう。……俺はティナを愛しているし、失いたくない」

「ありがとうございます、デニス様……！」

そして、お姉様が伯爵家から出て行ってから一週間後。

お父様達に説明して、密かに、デニス様から血をもらうことが決定した。

お子が大きくなると体に負担がかかるため、少しでも早いほうが良いと、すぐに行われた。

お父様達が見守る中、デニス様が手首を切り、小さな皿の上に血を落とす。

どれくらい飲めば健康になれるのかは分からないが、デニス様は混血種《ダンピール》なので、多めに血を用意してくれた。

人の血を飲むのは抵抗があったものの、薬だと思ってデニス様の血を飲み干した。

少し体が熱くなり、そして、人生で一番体が軽くなった。

……わたし、健康になれたの？

目を開ければ、お父様達が呆然《ぼうぜん》とした顔でわたしを見つめている。

視界の端に、見慣れない色が映り込んだ。

「テ、ティナ、その髪……」

デニス様が震える手でわたしを指差す。視界に入った、燃え尽きた灰みたいな色のそれを摑《つか》むとパサパサで、何故《なぜ》か髪を引っ張られる感触がした。お父様達がわたしの名前を叫ぶように呼ぶ。侍女から鏡を受け取って覗き込んだそこには、老婆みたいな色の抜けた髪に、よどんだ沼みたいな瞳をしたわたしがいた。

自慢だったピンクブロンドも淡い緑の瞳もない。

わたしは春の妖精では、なくなっていた。

責任は誰にある？

婚約が発表されてから三日。公爵夫妻だけでなく、他の三つの公爵家や王家からも婚約祝いが届き、他の貴族からも多くの祝いの手紙が送られてきた。

……今まで、わたしのことを遠巻きにしていたのにね。

中にはティナの噂を信じてわたしの悪口を広げたり、責めたりした人達の家からのものもあり、公爵家と縁続きになると分かった途端に今までの自分達の行いなんて忘れたように近寄ろうとする魂胆が透けて見えて、思わず呆れてしまった。

そういった家からの手紙は丁重にお断りの返事を書いて送った。

他の家からの手紙の返事も失礼にならない程度に短く済ませ、ナイトレイ公爵家と関《かか》わりのある家や分家などには丁寧にお礼の手紙を書いて、綺麗《きれい》な花束《はなたば》をつけて送った。

手紙の返事だけでかなり時間がかかってしまったが、同時に、公爵家の力も実感した。

これまでは社交界で爪弾《つまはじ》きに近い状態にされていたわたしが、ナイトレイ公爵家の者と婚約したら、この有様だ。祝いの手紙に交じってお茶会や夜会への招待状もあった。

「アデルが出たいものだけ出ればいいよ」

と、フィー様は興味がなさそうに言った。貴族同士の社交があまり好きではないらしい。

どうしようかと考えている中、見慣れた家名を見つけて、わたしは手紙を手に取った。

わたしの生家、ウェルチ伯爵家からだった。差出人は父の名前で、持った感じは随分と分厚い。

とりあえず封を切り、中に収められていた便箋を取り出し、広げて中身を読んだ。

最初の一枚は父からのものであったが、公爵家で粗相はしていないか、公爵家できちんと学んで相応《ふさわ》しい教養を身につけ、公爵家の方々に尽くすように、という内容で、わたしのことを気遣う言葉はやはり一つもなかった。

そして二枚目以降はなんとティナからだった。

読み進めて、内容の意味が分からず首を傾げてしまう。

「あの子は何が言いたいのかしら？」

丸みのある文字で書かれた手紙を要約すると、こんなことが書かれていた。

わたしが公爵家に行ったことがずるい。わたしが吸血鬼であるフィー様と婚約したのがずるい。

自分は苦しんでいるのに、双子の姉であるわたしが手助けもせず、幸せに過ごしているのは最低。

フィー様に言われた通りにしたら大変な目に遭っている。

わたしは家族のために予定を空け、一番に優先してティナとその婚約者、つまりフィアロン侯爵令息と会うべき。そしてわたしはティナのために尽力しなければいけない。

……あの子、いつもこんな風に手紙を書いているのかしら……？

内容も思い浮かんだものをただ書き連ねたような感じで、手紙というにはあまりに拙《つたな》い。

わたし宛てだから作法を気にしていないだけなのかもしれないが、それにしても酷《ひど》い手紙だ。

フィー様に渡すと、眉根《まゆね》を寄せられた。

「何この手紙。子供が書くより酷くない？」

それでも最後まで読み終えたフィー様が「ふぅん？」と便箋を閉じた。

「本当にやったんだ。馬鹿《ばか》って言うより愚かだね」

「どういうこと？」

「アデルの元婚約者が病弱な妹に、多分、血を分け与えて、妹がそれを飲んだんだよ」

「そういえば、フィー様がティナと会った時に、そんなことを言っていたわよね？　吸血鬼の血は薬になるって……」

……まさか、本当にそれを試したの？

いくら薬と言われても本当かどうか分からないし、他人の血を飲むなんて普通ならしない。

フィー様が便箋をわたしへ返す。

「どうする？　会う？」

少し考えてから頷《うなず》いた。

「ええ、会うわ。断り続けてもどこかのお茶会か夜会で会うことになるでしょうし、公爵家で会うなら、あの二人も好き勝手はしないと思う」

それに、ティナのことが気にかかる。以前ほどティナを心配する気持ちは残っていないが、酷い目に遭って苦しんでいると聞いて、何が起こっているのか気になったのだ。

手紙の最後には父の「絶対に予定を空けて必ずティナ達と会うように」という強い言葉が綴られ

ており、かなり切迫した状況にあることが伝わってくる。

公爵家を訪れるのはティナとフィアロン侯爵令息らしい。

「僕も同席していい？」

「もちろん構わないわ」

一人で会ったらティナは好き勝手なことを言って、わたしを悪役にするだろうから。

＊　＊　＊　＊　＊

手紙が届いてから二日後の午後。予定を空けてフィー様と待っていると、ティナとフィアロン侯爵令息が約束の時間に合わせてナイトレイ公爵家を訪れた。

使用人が応接室へ案内したそうで、フィー様と共にそこへ向かう。

フィー様が応接室の扉を叩き、扉を開けた。

フィアロン侯爵令息と目深にローブを被った、恐らくティナだろう小柄な人物の二人がいた。

……なんだか侯爵令息はやつれているわね。

わたしへ婚約破棄を告げた時の、自信に満ちた雰囲気はなく、以前よりも少し痩せた気がする。

フィー様に手を引かれながら入室した。

フィアロン侯爵令息とローブの人物が立ち上がり、礼を執った。

それにフィー様が軽く手を振れば、二人は礼を解く。

ソファーにわたし達が座ってから、フィアロン侯爵令息とローブの人物も腰を下ろした。

「それで？　何の用で来たわけ？」

普段わたしと接する時とは違う、冷たい声でフィー様が問うと、フィアロン侯爵令息が身を乗り出すように言った。

「どうか、ティナを助けてください！　ティナが言うには、あなたが『吸血鬼の血を飲めば健康な体になれる』とおっしゃっていたと……!!」

「それで本当に試したんだ？　君達は本当に愚かだね」

フードの人物、ティナが勢いよく立ち上がった。

「あなたの言う通りにしたのにどういうことなの!?」

バサリと下ろされたフードの下を見て、息を呑《の》んだ。

老婆の白髪みたいな燃え尽きた後の灰をまぶしたような髪に、泥のようによどんだ色の瞳《ひとみ》。肌もくすんで血色が悪い。柔らかなピンクブロンドも、明るい緑の瞳も、春の妖精《ようせい》のようだと言われたティナの淡く可愛《かわい》らしい色彩はそこになかった。

顔立ちこそ変わらないものの、色彩が違うだけで、全く印象が変わってしまっている。

春の妖精というより、幽霊みたいだ。

しかしフィー様は驚いた様子は見せなかった。

「どうもこうも、吸血鬼の掟を破った結果さ」

「フィー様、吸血鬼の掟って？」

「言葉通り、吸血鬼には掟があって、そのうちの一つに『他者に血を飲ませてはいけない』っていうのがあるんだよ」

この大陸でも、昔、吸血鬼を悪とした時代があった。吸血鬼は差別され、恐れられ、忌避される。

そんな時代の中で吸血鬼の血はどんな病も治す、特別な薬だという噂が広まった。

事実、吸血鬼の血には人間の病を治す力があった。永遠に近い寿命と再生力を持つ吸血鬼の血を人間が飲めば、再生力によって、病や怪我《けが》などを癒《いや》すことが出来る。

そのせいで血を求めた人間達が吸血鬼を狩ろうとしたこともあったそうだ。

当然、力は吸血鬼のほうが上で、狩られたのは幼い吸血鬼ばかりであった。

子孫をあまり生み出せない吸血鬼にとって、子を奪われるのは種族の存続としても、そして親としても許せることではない。

即座に吸血鬼は反撃し、人間も多くの死者を出したことで、吸血鬼狩りはすぐになくなった。

そして、吸血鬼の掟の一つに『他者に血を飲ませてはいけない』が追加された。

その歴史を受け継ぐ純血種の吸血鬼達も、人間が吸血鬼の血を飲むことに強い嫌悪感を抱く。

もう二度と、同じことを繰り返さないために、吸血鬼は他者に血を飲ませる行為はしなくなった。

「それでも、吸血鬼が人間に恋をして、その人間に請われて血を渡すってことが時々あったみたいだけどね」

そして、吸血鬼の血を飲んだ者は健康な体を手に入れる。

「だけど、それが何の代償もなく得られると思う?」

吸血鬼の血を飲んだ者は色素を失う。髪や肌の色が抜け落ち、瞳は色が濁る。

「しかも、その様子だと、君、婚約者の血を結構多く飲んだね？　純血種の血ですら数滴飲めば十分健康な体を手に入れられるのに、混血種《ダンピール》とは言え、飲みすぎれば血は毒になる」

フィー様の言葉にフィアロン侯爵令息が顔色を悪くする。

「……毒……」

「その髪と瞳は吸血鬼の血を大量に摂取したせいだよ。本来なら、ちょっと髪色が薄くなるとか瞳の色がくすむくらいらしいけど。……死ななくて良かったね？」

「彼女の、ティナの髪や瞳の色を取り戻す方法はないのでしょうかっ？」

ガツン、と強くテーブルが蹴られる。

まだ立ち上がったままのティナが蹴ったのだ。

「どうしてわたしばっかりこんな目に遭わなくちゃいけないの⁉　生まれた時から病弱で、お姉様に健康を奪われて、好きなことも我慢し続けて‼　やっと幸せになれると思ったのに‼」

バン、バン、と苛立《いらだ》ちをぶつけるように何度もテーブルを叩くティナに、フィアロン侯爵令息が慌ててその手を摑《つか》んで止めさせる。

「落ち着け、ティナ。お腹《なか》の子に障る」

「っ、でも、だって、いつもお姉様ばっかり幸せになってずるいわ……！」

泣くティナをフィアロン侯爵令息が抱き寄せる。

その様子をフィー様とわたしは眺めていた。

……思ったより、つらくないわね。

二人が一緒にいても、もう何とも思わない。

「あのさ、伯爵家にいて、アデルは幸せではなかったと思うんだけど。家族からも婚約者からも冷たくされて、妹の君には何もかも奪われて、アデルのほうが可哀想《かわいそう》だよ」

それにわたしも同意の意味で頷いた。

ティナは「お姉様はずるい」と言うけれど、わたしは羨《うらや》ましがられることなんて何もなかった。

両親や兄の愛も、婚約者の心も、使用人達の優しさも、友人達も、全《すべ》てティナが持っていた。

キッとティナに睨《にら》みつけられる。

「お姉様はわたしから健康な体を奪ったんだから、お姉様のものをもらって何が悪いの⁉」

それが本音だったのだろう。

「じゃあ、健康を手に入れた今は？」

フィー様の問いかけに、ティナが目を瞬かせた。

「……え？」

「婚約者の血を飲んで、健康になれたでしょ？　こんなに怒って騒いでいるのに平気そうだし。『病弱で可哀想な妹』ではなくなった今、君は、姉であるアデルと同じ健康な伯爵家の令嬢だ」

髪や瞳の色がどうであれ、確かにティナは健康な体となったのだろう。今までであれば、これほど興奮したら熱を出したり眩暈《めまい》を起こして倒れたりしていたが、その様子はない。

「アデルから奪ったものはアデルに返すべきだよね？」

ふふ、とフィー様が楽しげに微笑む。

……ああ、なるほど。

これまでティナは『双子の姉に健康を奪われた、病弱で可哀想な双子の妹』という大義名分があった。それがあれば、わたしから何を奪っても許されたし、我が儘もかなり聞いてもらえた。

でも、そうでなくなったら？

今、ティナは健康な双子の妹となった。もう大義名分を失ったのだ。

ティナもそのことに思い至ったのか呆然《ぼうぜん》としている。

「吸血鬼の血の話はしたけど、実行するかどうかは君達の責任だよ。僕は『そういう話がある』って言っただけ」

フィアロン侯爵令息とティナが、フィー様を見る。

「第一、やる前に調べなかったの？　どうして掟で禁止されているのか、血を人間に飲ませたらどうなるのか、ちょっとくらい疑問に感じて調べるのが普通じゃない？」

フィアロン侯爵令息が視線を逸《そ》らす。

「それは……。下手に調べて回れば、掟を破ろうとしていることを誰かに気付かれてしまうかもしれないから……」

「でも、結局、こんな状態になってるよね」

「だから、色を戻す方法を訊きに来たのですわ！」

叫ぶように言うティナにフィー様が呆《あき》れた顔をする。

「君達、都合が良すぎ。元に戻す方法なんてあるわけないでしょ」

そんな、とフィアロン侯爵令息が呟《つぶや》く。

ティナが頭を抱えて叫んだ。

「お姉様ばっかりずるいわ！　いつもお姉様はわたしの欲しいものを持っているのに、どうしてわたしはそれをもらえないのよっ⁉」

ティナがわたしへ手を伸ばす。

「そう、そうだわ、お姉様、お姉様の髪をちょうだい。鬘《かつら》を作って、被《かぶ》ればいいのよ。健康になるために飲んだ薬の副作用で髪が抜け落ちたってことにすれば……！」

その手をわたしはただ見つめた。

……どうして、わたしが握り返すと信じているの？

「絶対に嫌よ。どうしてわたしがあなたに髪をあげなくちゃいけないのかしら」

「っ、なんで、なんでよ！　わたしはこんな髪と目になったのよ⁉　可哀想だと思わないの⁉」

「思わないわね」

フィアロン侯爵令息に「アデル」と名前を呼ばれる。

「双子の妹じゃないか！　お前がそんなだから、俺《おれ》はお前との婚約を破棄したんだ‼」

「あなたとの婚約は破棄されて良かったわ。きっとあのまま結婚したとしても、わたし達は不仲だったでしょうから。それと、わたしのことは今後『ウェルチ伯爵令嬢』と呼んで。もうあなたとは婚約していないのだから」

フィー様に抱き寄せられる。

「フィアロン侯爵令息、君がアデルとの婚約を破棄してくれたおかげで、僕はアデルと婚約することが出来た。そこだけは感謝しているよ」

どう聞いても皮肉たっぷりなフィー様の言葉に、フィアロン侯爵令息が言葉を詰まらせた。

そう、わたしを捨てたのはあなたよ。今更わたしに縋《すが》ろうなんて都合が良すぎるわ。

「ティナ、あなたがこれまでわたしにしてきたことを覚えている？　わたしの持っているものは何でも強請《ねだ》って、わたしから奪ってきたわね。今までは我慢していたけれど、もう、我慢はやめたの」

いやいやとティナが首を振り、下がろうとする。

けれども、それはソファーに阻まれて出来ず、足をぶつけたティナがソファーへ座り込む。

「わたしのものは、もう渡さない」

ぽろぽろとティナの瞳から涙が流れ落ちていく。

「お、お姉様……」

伸ばされた手から顔を背《そむ》け、拒絶する。

フィー様が手を叩いて、少し声を張り上げた。

「お客様がお帰りになるから、玄関までご案内して」

扉が開き、使用人が数名入ってくると、フィアロン侯爵令息とティナの肩を掴み、廊下へ引きずり出していく。フィアロン侯爵令息は混血種《ダンピール》だからそれなりに力が強いはずなのに、それを押さえ込んで運べるということは、公爵家の使用人達のほうが強いのだろう。

ティナは最後までわたしを呼び、ずるいずるいと叫んだ。

「フィー様」

呼べば「なぁに?」と返ってくる。

「こうなると分かっていて教えたのね?」

「あれはあの二人が考えなしだった結果だよ」

これで、君の妹はもう社交界には出られないだろうね。

そう言ったフィー様は機嫌が良さそうだった。

フィー様は優しいけれど、それだけではないのだろう。

「そうね」

あの二人がこの先どうなるのか。それはもう、わたしの関知するところではない。

Chapter.12

新たな味方

婚約発表から一週間後。フィー様と一緒に過ごしていると、公爵夫人が私の部屋を訪れた。

「アデル様、ちょっとよろしいかしら？」

申し訳なさそうな様子にわたしは首を傾げた。

「はい、大丈夫です。何か御用でしょうか？」

「一週間後にお茶会を催す予定なのだけれど、ナイトレイ公爵家の分家や傘下の貴族のご令嬢やご婦人方が来られるの。それにアデル様も参加してはどうかと思って。もちろん、無理にとは言わないわ」

夫人の言葉に考える。

フィー様の婚約者になった以上、いつまでも社交から逃げているわけにはいかないだろう。

……また、社交をしてみようかしら。

横にいるフィー様を見上げれば微笑み返された。

「アデルの好きにしていいよ」

と、言うので、わたしは夫人に頷《うなず》いた。

「出席いたします」

「良かった。イアンの婚約者として皆様に紹介するわ。もし噂のことを言うような方がいても、私《わたくし》がきちんと説明するから、アデル様は堂々としていらしてね」

「はい、ありがとうございます、ソフィア様」

そういうわけで、一週間後のお茶会に出席することになった。

＊　＊　＊　＊　＊

お茶会に出席することを決めてから三日。

フィー様と公爵邸の庭を散歩していると、使用人の一人が来て、お客様の来訪を告げた。

「ナイトハルツ公爵家のフランセット様と、ナイトヴァーン公爵家のヴァレール様がお越しになられました」

「ああ、あの二人ね」

フィー様が納得した様子で、少し苦笑を浮かべた。

公爵家ということはフィー様の親戚なのだろう。四大公爵家は両陛下の兄弟姉妹や子などが爵位を継いでいるので、両陛下のお子であるフィー様は当然、他の公爵家とも血縁関係がある。

「僕の従姉弟《いとこ》達だよ。婚約したって聞いて、アデルに会いたがっていたから、我慢出来なくなって来ちゃったのかも。……どうする？」

会いたくないなら帰ってもらうよ、とフィー様が言う。

「せっかく来ていただいたのだから、お会いするわ」

「そっか、じゃあ行こうか」

「お二方はどんな人？」

「そうだね、フランセットはちょっと気が強くて、ヴァレールはちょっと元気過ぎるところがあるけど、二人とも良い子だよ」

使用人を先に行かせて、わたし達もゆっくり後を追う。

応接室の一つに通してあるそうだ。公爵邸は広く、応接室が複数あって、お客様に合わせて通す場所が変わるのだけれど、どの部屋も品が良くて美しい。

到着した扉には百合の絵がはめ込まれている。

フィー様が扉を叩き、ややあって、扉を開けた。

「イアン兄《にい》⁉」

扉を開けた途端に何かが飛び出してきて、それはフィー様のお腹《なか》の辺りに突っ込んだ。

かなり良い勢いだったのにフィー様はよろけることもなく受け止める。

少し色の暗い銀髪に淡い紅色の瞳《ひとみ》の男の子が顔を上げた。外見的特徴からして吸血鬼だが、人間の年齢でたとえるなら、まだ五歳か六歳くらいの子供である。空色の服がよく似合っていた。

「まあ、ヴァレール、はしたなくってよ」

室内から、高く澄んだ、でも少し幼さの残る声がする。

それにヴァレールと呼ばれた男の子が振り向く。

「だってさいきん、イアン兄があそびに来てくれないんだもん！　ボクはもっとイアン兄とあそびたいのに！」

「婚約したのだから、婚約者を優先するのは当たり前ですわ」

「ええ⁉」

まだくっついている男の子にフィー様が苦笑した。

「ヴァレール、いきなり飛び出したら危ないよ。僕の婚約者もいるんだから、もし、彼女が怪我《けが》をしたらどうするの？」

そこで、男の子がわたしの存在に気付いて目を丸くした。

男の子がフィー様から離れ、わたしはフィー様と共に応接室の中へ入った。

応接室のソファーには淡い銀髪をツインテールにして、ぱっちりとした明るい紅色の瞳をした女の子がいた。人間で言えば十五歳くらい。黒いドレスはフリルやリボンがあしらわれている。

「紹介するよ。僕の婚約者のアデル・ウェルチ伯爵令嬢だよ。アデル、こっちはナイトハルツ公爵家の長女のフランセットと、ナイトヴァーン公爵家の嫡男のヴァレール」

カーテシーを行い、言葉を待つ。

すぐにお二方は声をかけてくださった。

「フランセット＝エフィニア・ナイトハルツですわ」

「ヴァレール＝アロイス・ナイトヴァーンだよ！」

それにわたしも挨拶《あいさつ》を返す。

「ウェルチ伯爵家の長女アデル・ウェルチと申します」

カーテシーから姿勢を戻すと、男の子に手を取られた。

「ねえ、アデル、こっちで話そうよ！」

「あ、こら、ヴァレール！」

そうして、意外と強い力で引っ張られて、ナイトハルツ公爵令嬢の横に座らせられると、わたしの横に男の子が座った。フィー様は苦笑して空いている向かいのソファーへ腰掛けた。

わたしはお二人に挟まれて、どうしたら良いのか困ってしまった。

「アデル、ボクのことはヴァレールってよんでね！」

「わたくしのことはフランセットでよろしくてよ」

左右から言われ、頷く。

「わたしのこともアデルとお呼びください」

お二人が頷き、そしてヴァレール様が見上げてくる。

「アデルのかみ、すっごくキレイ！　リンゴとかイチゴみたい！　あまくておいしそうな色だね!!

さわってもいい？」

「はい、どうぞ」

わたしの髪にヴァレール様が触れる。

でも、引っ張ったりはせず、撫でるように触るヴァレール様は嬉《うれ》しそうだ。

「アデル様、ヴァレールを甘やかすのは良くありませんわよ」

と、フランセット様に言われてしまう。

「申し訳ありません。昔から、優しい姉か可愛《かわい》い弟が欲しいと思っていたので、つい」

「そう、まあ、その気持ちは分からないでもないわ。わたくしにとってもヴァレールは可愛い弟のようなものですもの」

ツンと澄ました様子で扇子を広げるフランセット様は、まだ幼い顔立ちとは裏腹に大人びた性格らしいが、チラチラと視線がわたしの髪に向けられる。

それが少し微笑ましかった。

「よろしければフランセット様も、触られますか？」

「え、いいんですの？」

パッと振り向いたフランセット様は、けれども、すぐに我へ返った様子で小さく咳払《せきばら》いをすると顔を背《そむ》けた。

「し、親しくもない間柄で髪を触るなんて失礼でしょう」

ふと、気が付いた。

大人びた子かと思っていたけれど、そうあろうと背伸びしていて、大人の一員になりたがっている女の子なのではないだろうか。わたしにもそういう時期があった。

「わたしは構いません。でも、そうですね、もしフランセット様が気になるようでしたら、わたしもフランセット様のお手に触れてもよろしいですか？　その爪《つめ》、とてもお似合いで素敵ですね」

フランセット様の形の良い爪には爪紅《つまべに》が塗ってあり、紅い瞳や髪、ドレスにつけられた赤いリボンとお揃《そろ》いでおしゃれだ。

きらりと明るい紅色の瞳が煌《きら》めいた。

「そう、そうなの、とっても可愛いでしょう？」

「ええ、瞳とリボンのお色に合わせてあって、おしゃれですね。それによく見ると爪の先は黒色でキラキラ輝いて、まるで指先に魔法がかかったようです」

「赤色を塗った後に、爪の先に黒色を塗って金粉を少しだけ吹きつけたのよ」

「もしかして金のピアスは金粉と合わせるためでしょうか？」

「その通りよ！」

嬉しそうにフランセット様が扇子を閉じると、わたしの手を握った。

恐らく、誰《だれ》かに気付いてほしかったのだろう。

……わたしも、このくらいの頃はおしゃれに気を遣ったわ。

流行りを調べたり、お茶会などで見かけた素敵なドレスや装飾品についてイラストを描いてスクラップブックを作ったり、色々した。

「あなた、話の分かる人ね」

フランセット様の笑顔が可愛らしい。

「社交界で良くない噂が流れているって聞いたけれど、きっと事実ではないのね」

「そうなの？」

ヴァレール様が不思議そうに見上げてくる。その小さな手は不器用に、わたしの髪を三つ編みにしていて、少し髪が絡《から》んでいるので後で解くのが大変そうだ。でも、不思議と嫌な気分ではない。

「そのことだけど――……」

と、フィー様が社交界で流れているわたしの噂の理由について、お二人に話してくれた。

フランセット様はそれに怒ってくれた。

ヴァレール様は話の内容をあまり理解出来なかったようだ。

「アデルは妹がいるの？　妹ってかわいい？」

純粋なヴァレール様の質問に苦笑が漏《も》れる。

「昔は可愛いと思っていた時期もありましたが……。今はあまりそう思えないですね」

「かぞくなのに？」

「家族だからこそ、分かり合えないこともあるみたいです」

でも、その妹も今回、ついに罰を受けた。

しかも取り返しのつかない状況だ。

「わたくし、アデル様の妹とは仲良くなれませんわね」

「その心配はないよ。病弱な妹は、婚約者の混血種《ダンピール》の血を飲み過ぎて、髪と瞳の色を失ったから、社交界に出てくるのは無理だろうし」

「まあ、血を⁉　掟を破るなんて……」

そう言ったフランセット様の顔には、嫌悪と恐怖がありありと浮かんでいた。

吸血鬼の血を飲むという行為は吸血鬼にとっては忌避感を覚えるものなのだろう。

……まあ、人間同士だったとしてもそうよね。

「ただ、その妹が流した噂はまだ広まったままなんだ」

フィー様の言葉にフランセット様がわたしを見た。

そして、またフィー様を見て、何かに気付いた顔をする。

「……理解しましたわ。突然訪問したのに会ってくださったのは、今度開かれるナイトレイ公爵家のお茶会でアデル様の味方として動くように、わたくしにお願いするつもりでしたのね？」

「バレたか。フランセットは昔から察しがいいよね」

「貴族の嗜みの一つですわ」

また、フランセット様がツンと澄ました顔をする。

けれどもすぐに顔を戻すと、開いた扇子で口元を隠す。

「イアンお兄様、本気ですのね？」

フィー様が頷く。

「うん、本気だよ。お願いだ、フランセット。僕の可愛いアデルをお茶会で守ってくれないかな？

君と義姉上《あねうえ》がアデルの騎士《ナイト》となってくれたら僕も嬉しい」

フランセット様が少し目を丸くした。

そして、パチリと扇子が閉じられる。

「分かりました、イアンお兄様。アデル様のこと、守ってさしあげてもよろしくてよ」

「ありがとう、フランセット」

「別にお礼なんていりませんわ。わたくし、アデル様のことがとっても気に入りました。お気に入りの方が悪く言われるのは気分が良くありませんもの」

照れたのを隠すようにフランセット様が顔を背けた。

でも、向いた先はわたしのほうで、わたしと目が合うとフランセット様が笑った。

「アデル様、わたくしが守ってさしあげますから、お茶会の時は周りなど気にせず一緒に楽しみましょう」

おーっほっほっほ、と高笑いする様はまるで悪役みたいだったけれど、フランセット様によく似合っていた。わたしも見た目で誤解されやすいが、もしかしたら、フランセット様も今までそういうことがあったのかもしれない。

「できた！」

ヴァレール様が声を上げた。

見ると、わたしの髪の一房が三つ編みにされていた。

編み目も乱雑で不恰好だけれど、小さな手で一生懸命、編んだのが伝わってくる。

「可愛い三つ編みですね。ありがとうございます、ヴァレール様。今日は一日、このまま過ごしますね」

「本当？　やくそくだよ！」

「はい、約束です」

嬉しそうなヴァレール様を見ていると心が穏やかになる。

兄は妹ばかり可愛がって、妹はわたしから奪っていく。

だから優しい姉か可愛い弟が欲しいと思っていた。

「ちょっと妬《や》けちゃうなあ」

なんてフィー様が両膝《ひざ》に頬杖《ほおづえ》をついてこちらを見る。

「あら、イアンお兄様、子供に嫉妬《しっと》するなんて大人らしくありませんわよ？」

「こういうことは大人とか子供とか関係ないんだよ。フランセットもいつか、好きな人が出来たらこうなるよ」

「わたくしに釣り合う方がいればの話ですわね」

どちらが歳上《としうえ》なのか分からなくなるような会話に、つい、笑ってしまう。

「改めて、これからよろしくお願いいたします、フランセット様、ヴァレール様」

「よろしくね、アデル！」

「ええ、よろしくしてあげる」

それからフランセット様がわたしを見る。

「公爵家の令嬢であるわたくしが味方になるのだから、アデル様を傷付けさせはしないわ」

だから安心しなさい、と言われた。

「そういうのは僕の台詞なんだけどね」

「イアンお兄様はお茶会に参加出来ないでしょう？　そもそも、女同士の諍《いさか》いに男性が入ると余計拗《こじ》れるのよ」

「……どこでそんなこと、学んだの？」

「お母様がよくおっしゃっているわ」

やっぱりおかしくて笑ってしまう。

お茶会の席で、公爵夫人とフランセット様がわたしのそばにいる構図を想像したら、確かに心強いだろうなと思った。

「ありがとうございます。フランセット様とソフィア様がいてくださると思うと、とても心強いです」

「ええ、わたくしに任せなさい」

胸を張ってそう言ったフランセット様は自信満々で、その姿は年相応に見えて可愛らしかった。

お茶会にて

Chapter. 13

数日後、ついにお茶会の日となった。

夫人はずっと忙しそうではあったが、フランセット様の話をすると、とても喜んだ。

「あの子もいてくれるなら安心だわ」

ちなみに後で知ったのだが、公爵夫人とヴァレール様は現国王陛下の弟君の子で、歳《とし》の離れた姉弟なのだとか。吸血鬼は長生きなので血縁関係が少しややこしい。

朝から身支度を整えて、濃い緑色のドレスを着る。

どのドレスを着ようか考えた時、フィー様が選んでくれたのだ。

「濃い緑のドレスがいいよ。アデルの赤い髪と緑でバラみたいに見えるから」

吸血鬼の方達は皆、わたしをバラにたとえる。

最初はフィー様が言い出したみたいだが、訊いてみると吸血鬼はバラが好きらしい。

なんでも、原初の吸血鬼《トゥルーヴァンパイア》が妻に結婚を申し込む際に渡されたのが赤いバラだそうで、華やかで吸血鬼の紅い瞳《ひとみ》に似た色のこの花が好まれるそうだ。

「だから吸血鬼にとって赤いバラは『幸運』とか『幸福』って意味もある、一番好まれる花なんだ。アデルは僕にとっての特別な赤いバラだよ」

そう言われると派手すぎてあまり好きではなかった、この赤い髪も緑の瞳も悪くないと思えるのだから、わたしは実は単純なのかもしれない。

フィー様の選んだ濃い緑のドレスは意外と似合っていて、巻いて少し癖《くせ》をつけたわたしの赤い髪と相まって、確かにバラと言えなくもない。ルビーの装飾品を合わせると華やかになる。

「僕は参加出来ないけど、もし嫌なことがあったら僕を呼んでね。影に蝙蝠がいるから僕の名前を呼べばすぐに攫《さら》ってあげる」

「ありがとう。でも、出来るだけ頑張ってみるわ」

フィー様のその言葉だけで心強い。

「わたしはフィー様の婚約者だもの。ちょっとのことで逃げていたら、笑われてしまうわ」

「……」

「フィー様？」

押し黙ったフィー様がわたしを抱き締めた。

「本当につらくなったら呼んでね」

それにわたしは頷《うなず》いた。

「ええ、その時はお願いするわ」

＊　＊　＊　＊　＊

午後になり、お客様が訪れる時間になる。

わたしは紹介もあるから最後にという話で、待っていたのだが、フィー様がずっと横にいた。

部屋を出るまで一緒にいてくれるのかと思っていたら、何故《なぜ》かフィー様にエスコートされてお茶会の会場へ向かっている。

「あの、フィー様？」

「お茶会には参加しないよ。でも、アデルを送っていくのはいいよね？　そのほうがみんなにも僕の婚約者だって分かるし」

「なるほどね」

フィー様なりに考えてくれていたようだ。

エスコートしてもらいつつ外へ出る。屋敷の庭園前の広場が今日の会場である。

フィー様にエスコートされているからか、会場に入ると、周囲が少しざわつくのを感じた。

……ここで俯《うつむ》いてはダメよ。

しっかり前を見て、堂々と歩く。

「義姉上《あねうえ》」

フィー様の声に公爵夫人が振り返った。

「あら、イアン、アデル様を送ってくれたのね」

「うん、ちょっとでも長く一緒にいたいから」

「ふふふ、そうね、あなた達はいつも一緒ですものね」

フィー様がわたしの手を取り、手袋越しに指に口付けられる。

「それじゃあ、また後でね、アデル」

「ええ、また後で、フィー様」

そうしてフィー様は会場を出て行った。

わたしに視線が集まっているのが分かる。

他より少し高い場所にいるから、余計に視線を集めやすいのだろう。

公爵夫人のそばに寄ると、夫人が笑顔を浮かべた。

「いらっしゃい、アデル様」

「お招きくださり、ありがとうございます、ソフィア様」

「フランセットも来ているわ」

公爵夫人が手招くと、フランセット様がくる。

「ご機嫌よう、アデル様」

「ご機嫌よう、フランセット様」

本日のフランセット様のドレスは鮮やかな赤で、とても似合っている。

「さあ、皆様にも紹介しないと」

夫人が振り返り、会場にいるご令嬢やご夫人に顔を向けた。

わたしもそれに倣《なら》って振り返った。ご令嬢やご夫人の数が多い。

……さすがナイトレイ公爵家。親戚や傘下の貴族がかなりいるのね。

「先ほどのやり取りを見ていた方もいらっしゃるでしょうけれど、こちらのアデル・ウェルチ伯爵令嬢は私《わたくし》の義理の弟イアンの婚約者ですわ」

公爵夫人の紹介に合わせてカーテシーを行う。

この一週間の間に礼儀作法を学び直したので、今までよりも更に綺麗《きれい》に行えるようになったはずだ。微《かす》かに感嘆の溜《た》め息《いき》が聞こえてきて、少し嬉《うれ》しかった。

「さあ、今日は仲を深めるためのもの。皆様、ごゆっくり楽しんでくださいな。アデル様も一緒にお茶をしましょう」

いくつも丸テーブルが並べられており、そのうちの一つに促されて着席する。

その席には公爵夫人とわたし、フランセット様、そしてもう一人、ご令嬢が座っていた。

「こちらはバルセ侯爵家のご長女、ティエニー・バルセ侯爵令嬢よ」

「ティエニー・バルセと申します」

「先ほどご紹介いただきました、アデル・ウェルチでございます」

ご令嬢は銀白色の髪に、ピンクに近い赤色の瞳で、とても可愛《かわい》らしい外見をしている。恐らく十五、六歳くらいか。公爵夫人が教えてくれたが、ナイトレイ公爵家の分家で、前ナイトレイ公爵と人間の妻の間に生まれた息子が婿入りしたのだそうだ。

ティエニー・バルセ侯爵令嬢はその息子の娘で、混血種《ダンピール》である。

「遅くなりましたが、ご婚約おめでとうございます」

「ありがとうございます」

ほんわかとした雰囲気のご令嬢だ。

「ナイトレイ様が婚約してくださって本当に良かったわ」

チラ、とバルセ侯爵令嬢は周囲に視線を走らせた後、扇子で口元を隠しながらこっそりと言った。

「実は、私とナイトレイ様は十年ほど前に一度婚約の話が出たのですが、その時には既に想《おも》いを寄せる方がおりましたので、丁重にお断りさせていただきました」

それに少し驚いたが、公爵家の者となれば早くからそのような話が出ても不思議はない。

むしろフィー様がいまだに結婚していないことのほうが珍しいのだろう。

「ちょっと、ティエニー……！」

慌てたようにフランセット様が小さく声を上げる。

「そうなのですね。フィー様は公爵家の方ですから、早いうちから婚約の話が出ても不思議はないと思います。それにあくまで『婚約の話が出た』というだけで、実際に婚約を結んだわけではありませんから、わたしがバルセ侯爵令嬢のことで何か申し上げることはございません」

もし、フィー様がわたし以外の他の誰《だれ》かと婚約していたら、違っていたのかもしれない。

わたし達が出会った時、フィー様はわたしを止めてくれただろうか。

他の誰かに「僕の可愛い人」と呼びかけるのだろうか。

それを、嫌だ、と思ってしまった。

吸血鬼で、公爵家で、優しいけれど怖い人でもあって、でも、わたしはあの人と一緒にいたい。

優しい声で「僕の可愛いアデル」と呼ばれたい。

「わたしは今、わたしのそばにいるフィー様を信じています」

シンとテーブルが静まり返った。

そして、次の瞬間、柔らかな笑い声が上がった。

「ごめんなさい、馬鹿《ばか》にしているわけではないの」

明るい笑い声には確かに嘲《あざけ》りの色は感じられず、本当に思わず笑ってしまったという感じである。

「ただ、ナイトレイ様は愛されていて、とても羨《うらや》ましいと思っただけですの」

「……愛……」

……これは、愛なのかしら。

「あら、違うのかしら？」

訊き返されて、わたしは考えた。

一緒にいたい。そばにいてほしい。触れてほしい。

あの優しい声で甘くわたしの名前を呼んでほしい。

そっと胸に触れるとドキドキと脈打っている。この気持ちは愛なのだろうか。

「……まだ、よく分かりません」

「では他の方にナイトレイ様を奪われても良いと？」

「それはあまり気持ちの良いことではないと思います……」

ただ、それが婚約者をまた奪われることへの不快感なのか、フィー様を奪われることが嫌だという気持ちなのか、わたしには判断がつかなかった。

「少なくともナイトレイ様のことがお嫌いではないのね？」

バルセ侯爵令嬢に訊かれて一つ頷いた。

「それなら安心しましたわ。今はまだ気持ちが分からなくても、いずれ分かる時が訪れるでしょうし、もう絶対に私へ婚約の話は戻ってきませんわね」

「それが心配だったのですか？」

「ええ、だって婚約の話が出たら、私は私の想い人に心を打ち明けられなくなってしまいますもの」

バルセ侯爵令嬢は愉快そうに目を細めて笑う。

ぽん、と肩に軽いものが触れた。見ると、フィー様の蝙蝠だった。

『ちょっと、これ以上引《ひ》っ掻《か》き回さないでくれる？』

珍しく不機嫌そうなフィー様の声に、バルセ侯爵令嬢が「あら」と微笑んだ。

「お久しぶりですわね、ナイトレイ様。あなたのおかげで私、大変でしたのよ？」

『……それについては僕が悪かったよ。改めて謝罪するから、アデルを振り回すようなことはしないでほしい。僕は本気なんだ。遊び感覚で首を突っ込まれたくない』

「そうですわね、人の恋路を邪魔するのはやめますわ」

バルセ侯爵令嬢の言葉に蝙蝠が不機嫌そうに小さく身を震わせ、わたしに一度体をすり寄せてから、影の中へと消えていった。

「イアンお兄様、焦《あせ》っていらしたわね」

フランセット様のお話によると、あの蝙蝠を使った眷属《けんぞく》やそこから一時的に自分を移動させたり、分身を生み出したり、そういった能力を常時使える吸血鬼は純血種だけらしい。

それでも、普段からこうして他者の影に眷属を潜ませるというのは珍しいそうだ。

「よほどアデル様と離れたくないのか、過保護なのか。どちらにしても、普通はそのようなことはいたしませんわ」

と、いうことだった。

「ナイトレイ様は純血種の中でも先祖返りで血が濃いそうですから、もしかしたら原初の吸血鬼様《トゥルーヴァンパイア》もあのようだったのかもしれませんわね」

「確かに、あの子は昔からちょっと自由奔放なところがありましたものね」

ティエニー様と公爵夫人が笑う。

フランセット様も否定しなかったので、わたしが知らないフィー様を知っているのだろう。

それが少し羨ましいと感じるのは何故だろうか……。

「でもイアンお兄様は女遊びだけはなさらなかったわ」

こっそりフランセット様がそう教えてくれた。

「ありがとうございます、フランセット様」

「……フランでいいわ。わたくしもアデルって呼ぶから」

「分かりました、フラン」

フランセット様改め、フランがニコリと微笑んだ。

その嬉しそうな笑顔にわたしも笑みが浮かぶ。

「さあ、そろそろ皆様も落ち着いた頃ですわね」

公爵夫人が立ち上がる。

「皆様のテーブルへご挨拶《あいさつ》に伺うの。アデル様も一緒に行きましょうか」

「はい、ソフィア様」

「わたくしも一緒にまいります」

フランも立ち上がった。

夫人は頷き、それを見たバルセ侯爵令嬢が微笑んだ。

「では、私はのんびりお茶を楽しませていただきますわ」

そうして、公爵夫人とフランと共に、各テーブルへのご挨拶回りをすることとなった。

テーブルはわたし達が座っていたテーブルに近い場所ほど血筋が近かったり、爵位が高かったりしており、離れるほど血筋が離れていて、爵位も低かったりする。

後は社交界での力関係も場所に表れるらしい。

……どのテーブルに誰を座らせるか決めるだけでも大変そうだわ……。

挨拶をする順番もあるようで、公爵夫人についてそれぞれのテーブルへ向かった。

途中までは何事もなく終えられたけれど、出席者のほとんどはわたしの噂を知っているのだろう。

様子を窺《うかが》い、値踏みするような視線を向けられることもあった。

それでも何も言わないのは公爵夫人と公爵令嬢がわたしの左右に立っているからだと思う。

「まあ、アデル・ウェルチ伯爵令嬢といえば『病弱な双子の妹を虐《しいた》げている』なんて噂が流れていると聞きましたわ。どんなに見目が良くても、ねえ……？」

そんな中でも、意外と猛者《もさ》はいるものらしい。

扇子を広げて「恐ろしいわ」とご令嬢の一人が言う。

しかし怖がっているというよりは、わたしを嘲っているというほうが近いだろう。

「しかも婚約を破棄されて、婚約者が妹と婚約し直すなんて。どんなことをしたら捨てられるのでしょうか？　家同士の婚約など、そう簡単には破棄出来ませんのに」

公爵夫人は微笑んだまま、フランはスッと目を細めた。

……あ、お二人が怒ってくださっている。

それに気付くと心が温かくなる。

これまで、どれほどわたしを悪く言う者がいても、噂があっても、社交界で助けてくれる人はいなかった。でも、今は怒ってくれる人がいる。それだけで十分、勇気をもらえた。

しっかりと顔を上げて御令嬢を見る。

「申し訳ありませんが、どちら様でしょうか？」

「なっ……!?」

わたしを嘲っていた顔が赤く染まる。

恐らく、自分のことをわたしが知っていると思った上での発言だったのだろうが、わたしは彼女のことを知らない。

「初対面の相手の噂を持ち出して、婚約破棄についてわざわざ掘り下げてくるなんて、あまりに失礼で驚いてしまいました。どちらの家の方でしょうか？　今後の付き合いを考えなくてはいけませんわ」

ギリッと扇子を握る御令嬢の手に力がこもる。

睨《にら》みつけられても全く怖くない。

「私こそ、あなたと関《かか》わるつもりはありませんわ！　ただ、あなたのことを心配して、身分相応の立場というものを思い出させてさしあげようとしただけで……っ」

「身分相応の立場とは？」

初対面の相手にそんなことを言われる覚えはない。第一、こんな無礼な振る舞いをしておいて、嘲っておいて、わたしのためだなんて一体どんな思考をしているのだろうか。

「それは、だから、悪い噂のある伯爵令嬢に過ぎないあなたが公爵家のナイトレイ様と婚約するなんて、分不相応だと……」

言葉を濁したのは、公爵家が認めた婚約者に、異議があると声高には言えないからか。

それは公爵家の決定に文句をつけるようなものだ。

しかも全く関係のない家の者が横槍を入れれば、当然、どちらの家からも煙たがられるだろう。

「あら、お二人の婚約に問題なんてありませんわ。アデル、こちらの方は覚えなくて結構ですわ。こんな礼を欠くような方、付き合っていたら同類だと思われてしまいますもの」

「そうね、どうやら私《わたくし》達はお邪魔のようだし、このテーブルのご挨拶は控えましょう」

と、フランと公爵夫人が言う。

それに、テーブルにいた他の御令嬢達の顔色が悪くなる。ナイトレイ公爵家の夫人とナイトハルツ公爵家の御令嬢に嫌われたら、社交界ではほぼ、立場を失う。

四大公爵家のうちの二大から背を向けられてしまえば、社交界で立ち回ることは出来ないだろう。

御令嬢達が慌てて制止の声をかけていたが、公爵夫人とフランがわたしの左右からそっと腕を掴《つか》むと次のテーブルへ移動する。

そして、次のテーブルで挨拶を済ませた後に、公爵夫人が言った。

「最近の若い方はすぐに噂を信じてしまって困るわね。噂は所詮噂。どこかの病弱なご令嬢が健康な姉に嫉妬《しっと》して流したものですのに」

「そうですわ。それに、もし本当に性格の悪い人だったなら、イアンお兄様はそんなことも見抜けないような人物ということになってしまいますもの。そんな話をしたらナイトレイ公爵もきっとお怒りになられますわ」

「しかも、その病弱な御令嬢は姉の婚約者に横恋慕して、婚約を結び直したそうよ。しかも慌てて婚約届を出して結婚を急いでいるようだけれど、そんなに急ぐ必要はあるのかしら?」

公爵夫人とフランの言葉に、そのテーブルだけでなく、他のテーブルの方々も「まあ」と驚きの声が上がって互いに顔を見合わせている。

「私もティナ様が泣いていらしたから、そうなのだろうと思っておりましたけれど……」

「そういえば、最近ティナ様をお見かけしませんわね」

「なんでも、体調を崩してしまって外出も出来ないのだとか……」

「普通は婚約してから半年か一年は期間を置いてから結婚するものでしょう？　結婚を急ぐなんてもしかして……」

ジッと視線がわたしへ集まる。

「申し訳ありません。元より、家族とはあまり仲が良くなかったものですから、妹がどうしているかわたしは存じ上げません」

「伯爵家にいてはアデル様が心安らかに過ごせないと思い、婚約後はアデル様をナイトレイ公爵家に招いているのよ。イアンは大喜びだし、屋敷の雰囲気も明るくなって嬉しいわ」

「公爵家の皆様は温かく迎えてくださり、わたしも毎日夢のような日々を過ごさせていただいております」

ここまであからさまにナイトレイ公爵家がわたしの味方だと言っている状況では、もうわたしへ攻撃しようなどと思う者はいないらしい。先ほどのテーブルは、まるで葬儀に出席しているかのように静かで、周囲のテーブルの人々もそのテーブルから視線を逸《そ》らしている。

関わって、自分に飛び火してほしくないのだろう。

それからは特に何もなくお茶会は過ぎていった。

わたしを攻撃しようとした御令嬢は、ずっと、震えて俯いていた。そこにあるのが怒りなのか羞恥なのかは分からないが、お茶会が終わると、謝罪もせず、逃げるようにその令嬢は帰っていった。

公爵夫人とフランは何も言わなかったけれど、退出の挨拶もそこそこに帰ってしまったのはまずいのでは。しかし、わたしがそれを心配する必要はないのだろう。

「ウェルチ伯爵令嬢……」

恐る恐る声をかけてきたのは、わたしを攻撃した御令嬢と同じテーブルにいた人々であった。

「あの時、すぐに彼女を止めず、申し訳ありませんでした」

「それにお茶会の空気を悪くしてしまいました」

「同じテーブルに着く、私達が注意すべきでした」

頭を下げられ、気にしていませんよ、と微笑んだ。

「あなた方がわたしへ謝罪をする必要はございません。でも、お気持ちは受け取ります。こちらこそ、ご挨拶もせず、失礼いたしました」

わたしが怒らなかったことに、彼女達はホッとした様子であった。

少し離れていたが、公爵夫人とフランの視線を感じるので、きっと、彼女達もそのことには気付いているだろう。こうしてわたしに謝罪して和解したという建前《たてまえ》が欲しいのだ。

「ただ、今日はもうお茶会も終わりですから、ご挨拶はまた次の機会に改めてということでよろしいでしょうか？」

「ええ、もちろん」

「そうですね」

「またお会い出来る日を楽しみにしております」

御令嬢達はもう一度、恐らく謝罪の意味を込めて浅くお辞儀をして、それから公爵夫人に帰りのご挨拶をしに向かった。彼女達が離れると、すぐにフランが近付いてくる。

「あの方々、許して良かったの？」

ツンとした態度のフランにわたしは苦笑した。

あの御令嬢達は、多分、わたしとわたしを攻撃しようとした御令嬢の両方がお茶会で喧嘩《けんか》を繰り広げれば面白《おもしろ》いくらいの気持ちだったのだろう。止めもせず、黙って見ていたのは、もしかしたら彼女達もあの御令嬢と同じ考えを少なからず持っていたからかもしれない。

どちらにせよ、わたしのことを下に見ていたのだ。

今回も、謝れば許してくれるだろうという気持ちが少しだが、透けて見えた。

「ええ、気にしておりませんので。それよりも、フランが心配してくださったことのほうが嬉しかったです。ソフィア様とフランがいてくれて、とても心強かったですわ」

「わたくしはアデルの騎士《ナイト》ですもの」

二人で微笑み合っていると、足元の影から霧が出て、小さな黒い蝙蝠が現れる。

『アデル、お茶会は終わった？』

そわそわした様子の蝙蝠が肩に乗る。

「ええ、ほとんどのお客様はお帰りになられたみたい」

『じゃあ迎えに行くね』

柔らかな声に頷き返す。

「フィー様が来るまで待ってるわ」

蝙蝠がすり、とわたしの頬《ほお》に体を擦《こす》りつけてから、霧となって影へ戻る。

それを見ていたフランが少し呆《あき》れた表情をした。

「イアンお兄様ってば、これではわたくしがアデルと過ごす時間がなくなってしまうじゃない」

「よろしければ、今度、ナイトハルツ公爵家に遊びに行かせていただいてもよろしいでしょうか？」

「アデルなら大歓迎よ。今度、招待するわ」

約束ね、と言われて頷いていると、足音がした。

振り向けば、公爵邸の外階段を駆け下りたフィー様がこちらへ向かってくるところであった。

「アデル、お茶会お疲れ様！」

走ってきたのか、フィー様は少し息が乱れており、触れた手はいつもより温かい。

「お待たせしました、フィー様」

横からフランの声がする。

「アデル、そろそろわたくしも帰るわ」

「はい、気を付けてお帰りくださいさい、フラン」

「次に会う時は丁寧な言葉遣いはいらないわ。わたくし達、お友達だもの。それじゃあ、またね」

フィー様に正面から抱き締められたのでフランは見えなかったけれど、そう言ったフランの声は少し照れた様子だった。わたしは「ええ」と何とか返事をする。

離れていくフランの足音が聞こえなくなった頃、フィー様が体を離す。

「アデル、部屋に戻ろう？　ずっと外にいて疲れたでしょ？」

確かに、今日はなんだかとても疲れた気がする。

「そうね。……迎えに来てくれてありがとう、フィー様」

「アデルのためなら僕はどこへだって行くからね」

フィー様の明るい笑顔に、ちょっとすさんでいた心が癒《いや》された。

フィアロン侯爵家／ウェルチ伯爵家

Chapter.14

「この愚か者……!!」

ドンッとフィアロン侯爵が机を叩き、その大きな音に、デニス・フィアロンの体が一瞬震えた。

デニスは銀灰色の髪と暗い紅色の瞳《ひとみ》のフィアロン侯爵に、色合いも顔立ちもよく似た一人息子である。今まで、こうしてフィアロン侯爵が息子に怒鳴ったことは数えるほどしかない。

その中でも、これほど怒りを露わにはしなかった。

横では、プラチナブロンドに赤みがかったブラウンの瞳をした妻が顔色を悪くしている。

このフィアロン侯爵家には三代ほど前に混血種《ダンピール》の貴族の令嬢が嫁入りし、それから、混血とは言え、吸血鬼の血筋を引く家として侯爵家の中でもそれなりに立場を保ってきた。

基本的に、混血種《ダンピール》は混血同士で結婚することが多いため、人間の貴族が吸血鬼の血を家に入れられるというのは幸運なことであった。

王族、そして四大公爵家と同じ血が流れている。しかも、ややくすんではいるものの、吸血鬼達に似た髪と瞳の色は、人間の貴族から羨望の眼差《まなざ》しを向けられる。

フィアロン侯爵も、デニスも、吸血鬼の血に誇りを持っていた。

社交界では混血種《ダンピール》として人気であったし、同じ混血でも髪や瞳の色が吸血鬼とは異なる者達からも、是非、我が家の娘との婚姻をと声をかけられることも少なくない。

それでもウェルチ伯爵家と婚約を結んだのは、伯爵家が非常に裕福で、婚約すれば金銭的援助を受けられるだけでなく、多くの貴族と繋《つな》がりを持つ伯爵家を通じて社交を広げる目的もあった。

ウェルチ伯爵家は爵位こそ伯爵に過ぎないが、代々貴族の血のみを受け継いできた生粋の貴族だ。

フィアロン侯爵家は血筋という点では、たとえ混血種《ダンピール》から吸血鬼の血筋を入れていても、ウェルチ伯爵家ほどの血筋の正統さはない。

だからこそ、社交の繋がりと金銭、そして血筋の良さからウェルチ伯爵家の血が欲しかった。

生粋の貴族の血と、混血と言えども吸血鬼の血。この二つを併せ持った次代を欲していた。

正直に言えば姉のほうが良かった。健康で、デニスの横に並んでも遜色のない凛《りん》とした容姿に、吸血鬼が好む赤いバラに似た色合い。妹よりも姉のほうが礼儀作法も出来ていた。

だが、デニスが選んだのは病弱な双子の妹だった。

しかも既にデニスの子を妊娠している。どちらにしても、望んでいた、両家の血を引く子だ。

慌てて姉のほうとの婚約を破棄して、妹とデニスの婚約を結び直したが、今となって、その選択が誤りであったと気付かされた。

「お前は吸血鬼の掟を破ったのだ！　それがどれほど大変なことなのか、分かっていないのか⁉」

デニスは吸血鬼の掟を破った。吸血鬼の掟は、純血種だけでなく混血種《ダンピール》も守らなければならない、吸血鬼の中の法律のようなものである。法を破れば罰せられ、犯罪者として見られる。

よりにもよって、吸血鬼が最も忌むべき行為をした。

ウェルチ伯爵家の双子の妹、ティナ・ウェルチに己《おのれ》の血を飲ませたのだ。

「しかし、病弱なままでは出産時、ティナが死んでしまうかもしれないではありませんか！」

「そんなことのために掟を破るなんて、お前は頭がどうかしていると言っているんだ!! 他の混血種《ダンピール》や吸血鬼から掟を破った『犯罪者』として見られるということは、この国の貴族としての立場を失ったも同然だ!!」

「そんな、大袈裟な……」

フィアロン侯爵は荒々しく椅子《いす》に座り、頭を抱えた。

黙って血を分け与えたということはデニス自身、掟を破ることだと理解していたはずである。

けれども、それがどれほどの問題かまではよく考えていなかったのだろう。

一度、デニスがどうにかならないかとティナ・ウェルチを連れて来たが、老婆のような髪によどんだ色の瞳を見た瞬間、感じたのは嫌悪だった。

……この娘が息子を利用した。

そう思うと不快感と嫌悪感しか湧《わ》かなかった。

色々と調べたが、一度血を飲んでしまった以上、外見はどうあっても元に戻すことは出来ない。

更に最悪なことにデニスはティナ・ウェルチと共にナイトレイ公爵家に解決策をもらおうと訪問したそうだ。

……終わった……。

公爵家は純血種の吸血鬼のみが受け継ぐ。純血種に、公爵家に、掟破りが知られてしまった。

ティナ・ウェルチが言うにはナイトレイ公爵の弟が『吸血鬼の血を飲めば健康になれる』と言ったそうだが、デニスは請われてもきちんと断るべきだった。

公爵の弟がそれについて話したとしても、吸血鬼や混血種《ダンピール》であれば知っていることで、それを行うかどうかは本人の意思である。

ナイトレイ公爵家からは何も言われなかったが、ウェルチ伯爵家が大騒ぎしている。健康になった代わりに罪の色を背負ったティナ・ウェルチを憐れがり、フィアロン侯爵家の責任だと言う。

……言い出したのはティナ嬢だろうに……！

むしろデニスを誑《たぶら》かした女とこちらが罵《のの》りたいくらいである。

「ティナ嬢とお前の結婚は認めるが、結婚後はティナ嬢が社交界へ出るのも、伯爵家以外への外出も禁ずる」

「それでは軟禁ではありませんか！」

「あんな姿の嫁を人前に出せと⁉　吸血鬼や混血種《ダンピール》が見れば、掟を破ったことも、誰《だれ》が血を分け与えたかも分かってしまうというのに、社交界へ出せるはずがないだろう‼」

状況を分かっていないデニスにフィアロン侯爵は怒りと、苛立《いらだ》ちと、そして後悔に苛《さいな》まれた。

「デニス、お前は謹慎だ。自室で二週間、反省していろ‼」

怒鳴りつけるとデニスは逃げるように部屋を出ていった。

妻も、結婚する際に吸血鬼の掟については知っている。

シンと静まり返った室内で溜《た》め息《いき》が漏《も》れる。

デニスが婚約破棄した双子の姉と、再度婚約を結ぶことは出来ない。

本人も拒否するだろうが、そもそも、もう伯爵家にいないのだ。

姉のほうはナイトレイ公爵の弟に見初《みそ》められ、デニスとの婚約破棄から数日後には婚約を結んでいる。社交界では既にそれに関する噂が流れ始めていた。

アデル・ウェルチは婚約破棄されたが、より高位の公爵家の者の心を射止めて成功した。

婚約破棄の原因はティナ・ウェルチが姉の婚約者を奪ったのではないか。

アデル・ウェルチとデニス・フィアロンの婚約が破棄されたのは、妹が妊娠したからである。

ナイトレイ公爵家の茶会に参加した令嬢や夫人達から、その噂が広まっていた。

噂を否定しようにも、ティナ・ウェルチ本人は人前に出られるような姿ではなく、体調を崩しているという建前《たてまえ》がより噂に信憑性《しんぴょうせい》を与えてしまった。ほんの少し前は社交界の春の妖精《ようせい》と謳われたティナ・ウェルチは、今は双子の姉の婚約者を奪った恥知らずな妹となっている。

デニスとティナ・ウェルチの結婚は誰からも祝福されないだろう。

そして、フィアロン侯爵家も、もう二度と人間の貴族の前でも、混血種《ダンピール》の貴族の前でも、大きい顔は出来ない。社交界からも、吸血鬼や混血種《ダンピール》からも爪弾《つまはじ》きにされる未来しか思い浮かばない。

……ああ、本当になんて愚かなことを。

侯爵家が出来ることは、もう、一つしかない。

＊　＊　＊　＊　＊

「ああぁあっ、こんなのわたしじゃないっ‼　わたしじゃないわっ‼」

ガシャン、とティナがテーブルの上にあった皿を払い落とす。

慌てて兄のローラン・ウェルチは駆け寄ったが、乱心した妹の暴挙を止めることは難しかった。

病弱な頃であれば止められただろうが、デニス・フィアロン侯爵令息の血を飲んでから、ティナの力はかなり強くなった。暴《あば》れても、泣き叫んでも、寝込むことはない。

健康な体にはなったものの、代わりに、春の妖精だと言われた愛らしいピンクブロンドも、新緑のような淡い緑の瞳も失った。

ティナはそれが受け入れられず、鏡や窓、銀食器などに自身の姿が映ることを酷《ひど》く嫌がった。

「いやぁあああぁぁあぁっ‼」

暴れるティナの爪《つめ》がローランの頬《ほお》に傷をつける。

あのか弱く、愛らしく、儚《はかな》げな姿は面影もない。病弱だった頃は何をしても可愛《かわい》かった。

我が儘を言われても、甘えられても、礼儀作法が多少不出来でも、病弱でか弱い妹を許せていた。

それなのに、健康になり、色彩を失った途端にティナを可愛いと思えなくなってしまった。

色彩が問題なのではない。健康になって、病弱でもか弱くもなくなったティナは、ただの甘やかされた我が儘な娘でしかなかった。貴族の令嬢としての礼儀作法も拙く、何かあっても可愛らしい自分が笑えば誤魔化《ごまか》せるという思いが透けて見えた。

そうして、今更になってアデルを思い出した。

アデルは読書が好きで勉強も出来たし、礼儀作法も非常に良く出来て、凛《りん》とした顔立ちは美しく、そして何よりローランや父と似た色彩を持っていた。

ティナを虐《いじ》めていたことを除けば、完璧《かんぺき》な貴族の令嬢だった。

だが、今のティナを見て疑問が生まれる。

……本当にアデルはティナを虐めていたのか？

健康になったティナが暴れ、騒ぐようになり、ティナの本性を段々と知ってから、ローランも、両親も、そして使用人達もアデルの噂について考えた。

社交界で訊いて回ると、噂の元はティナだった。ティナが泣いて訴えたのだと言う。以前ならばティナが泣いていたなら、と思ったが、今は貴族の令嬢が人前で泣くなんて恥ずかしいと思う。

……もしかしてティナに騙《だま》されていた？

それに思い至った時、愕然《がくぜん》とした。

何故《なぜ》なら、アデルはずっと、ティナへの虐めを否定していたからだ。

ローランや両親が責めても「やっていません」と言い続けたアデルを、なんて性格が悪い、と厭《いと》うたが、もしアデルが本当のことを言っていたのだとしたら……。

思えば、ローラン達はきちんと事実確認はしていない。

とにかく「ティナが泣いたから」とアデルを責めた。

気付けば名前を呼ばなくなり、言葉を交わす頻度が減り、そして家族としての絆《きずな》は消えていた。

だからアデルは出て行ったのだ。出て行って当然のことをローラン達はしてしまった。

「ティナ、ティナ！　落ち着いてちょうだい‼」

「誰か、ティナを部屋へ‼」

両親も半狂乱で使用人達を呼ぶ。

そうして、ティナの侍女達がボロボロになりながらティナを自室へ連れて行く。

食堂からティナがいなくなると母がローランへ駆け寄った。

「ああ、ローラン、大丈夫っ？」

頰にハンカチが当てられると、そこに血が滲《にじ》む。ティナがああなってしまってから、両親のティナへの愛情は離れ、そして関心はローランへ移っていた。

「顔に傷が残ったら大変だ。すぐに医者を呼ぼう」

「ええ、そうね、そのほうがいいですわ」

きっと、両親ももうティナを可愛いとは思えなくなってしまったのだろう。

「それにしても、我々がこんな状況になっているというのにアデルときたら、手紙の返事一つ寄越さないとは何事だ！」

「ティナのことも追い返したそうですし、あの子はいつからあんな非情な性格になってしまったのかしら……」

しかも両親は自分達の行いに気付いていない。いや、気付きたくないのかもしれない。

娘に捨てられたという事実を受け入れられないのか、考えたくないのか、何にせよ、もしアデルが両親に会ったとしても絶対に助けてはくれないだろう。ローランのことも。

しかも婚約を結んだ時、今後のアデルに関することは一切《いっさい》口出しをしないという約束をしてしまっており、それはつまり、こちらからはアデルについて何も言えないのだ。

アデルが頷《うなず》かない限り、会うことすら出来ない。会おうと思ってナイトレイ公爵家に手紙を送っても、屋敷に直接行ってどれほど頼み込んでも、門前払いである。

これまでを思えば、アデルがローラン達に「会いたい」と言うはずもない。

アデルはこのウェルチ伯爵家を捨てた。そうさせてしまったのはローラン達自身だ。

「父上、母上」

使用人を呼び、医者を連れてくるよう話している両親に声をかける。

これまでティナにしていたように、両親は話している最中でもすぐにローランに反応した。

「なんだ、ローラン」

「どうしたの、ローラン？」

握り締めた手の中で、爪が刺さる。

……そういえば、アデルもよくスカートを握り締めて、母上が「しわになるからやめなさい」と注意していたな……。

ローラン達の理不尽な叱責《しっせき》をそうして耐えていたのだ。

『ローラン、お前の妹はティナだけではない』

唐突に、亡くなった祖父の言葉を思い出した。

ティナよりもアデルを可愛がっていた祖父のことはあまり好きではなかったが、ローラン達がアデルを蔑《ないがし》ろにしていたからこそ、祖父がその分、可愛がっていたのだろう。

言われた時は、何を当たり前なことをと思ったが、その言葉の意味を理解しようともしなかった。

「公爵家からの条件を受け入れましょう」

ティナとデニス・フィアロン侯爵令息には最悪な条件であったが、ウェルチ伯爵家とフィアロン侯爵家が貴族として生き残るにはそれしか道はない。

両親は顔を見合わせた後、思いの外、早く頷いた。

「ああ、そうするしかないか」

「ティナには可哀想《かわいそう》だけれど、伯爵家の存続のほうが重要ですものね」

ああ、と視線を床へ向ける。

そこには散らばった料理と皿が落ちていた。結局、アデルもティナも、もしかしたらローランですら、両親の心の中に、本当の意味では存在しないのかもしれない。

……アデルに助けを求めるなんて、筋違いだ。

散々自分を苦しめたローラン達、立場も婚約者も愛も奪ったティナ、そして裏切ったフィアロン侯爵令息をアデルが助ける義理はない。

落ちた料理は二度と皿には戻せない。

そのことが、重くローランの心にのしかかった。

＊　＊　＊　＊　＊

部屋へ放り込まれ、思う。

……これも全てお姉様のせいよ!!

本来ならば、今頃《いまごろ》は結婚式の準備をしているはずだったのに。

多少順番が違ってしまっても、愛する人と婚約、結婚して幸せになるはずだった。

それなのにどうして今、自分はこんなことになっているのだろうか。

視界に入る醜い白髪に怒りと憎しみが湧き上がる。

「お姉様がっ、お姉様が全部悪いのよ！　わたしを騙すから!!」

何度も机に拳《こぶし》をぶつけて怒りを発散する。

少し前であれば、こんなに気が昂《たかぶ》ると体調を崩してしまっていたが、今は健康になったからか興奮しても体調を崩すことはなくなった。それなのにちっとも嬉《うれ》しくない。

春の妖精と呼ばれた容姿を失ってしまっては健康になっても意味がなかった。

使用人達も腫れ物に触るように接してくるし、お腹《なか》の子のことも祝ってくれなくなった。

……このままではわたしはお姉様に全部奪われてしまう!!

何がと言われたら分からないけれど、そう感じた。

「嫌よ、このまま黙ってなんていられないわ……！」

誰からも愛されるのはこのわたしでなければいけない。

たとえこんな容姿になったとしても、幸せにならなければ。

……そうよ、お姉様が愛されるなんておかしいのよ！

お友達とわたしの気持ち

Chapter.15

ナイトレイ公爵家のお茶会から一週間後。

わたしはフィー様と共にナイトハルツ公爵家に来ていた。

馬車から降りてまず思ったのが、華やか、だった。

ナイトレイ公爵家も美しい屋敷であったが、ナイトハルツ公爵家の屋敷は彫刻などが多く、よりいっそう華やかな建物である。

思わず見惚《みほ》れていると、出迎えてくれたフランが言った。

「お母様もわたくしも華やかなものが好きなのよ」

なるほど、と思う。

同時にナイトハルツ公爵はきっと、ナイトレイ公爵様と同様に奥様のことを大事にしているのだろうと感じた。

「改めて、今日は来てくれてありがとう、アデル」

「わたしのほうこそ招待してくれてありがとう、フラン」

言葉を崩せば、フランが嬉《うれ》しそうに微笑んだ。

「フランセット、僕のことは無視かい？」

横にいたフィー様の言葉に、フランがツンと顔を背《そむ》ける。

「わたくしが招待したのはアデルよ。イアンお兄様は女の子のお茶会についてく来る困ったさんだわ」

「否定はしないけど。でも、今日は用事があるから、僕はアデルを送っただけだよ」

「あら、そうなの？」

フランが嬉しそうな表情でこちらを向く。

それにフィー様が苦笑した。

「昔は『イアンお兄様、イアンお兄様』って慕ってくれたのになあ」

「だってアデルはお友達ですもの。イアンお兄様は長生きだからいつでも会えるけれど、アデルは人間だから、わたくし達吸血鬼とは時間が違うわ。会える時に会わないと」

「まあ、そうだけどさ」

フィー様とフランの会話に内心でハッとする。

……吸血鬼と人間とでは寿命が違う。

当たり前のことなのに、こうして吸血鬼の二人が話すまで、わたしはそのことを忘れていた。

今はさほど寿命について感じなくても、五年、十年と経《た》てば嫌でも実感するだろう。

わたしのほうが先に老いて死んでしまう。そう思うと、胸の辺りが苦しくなる。

……わたしが死んだら、フィー様はどうするのかしら。

そのうち別の誰《だれ》かと一緒になるのだろうか。それは、とても嫌だ……。

ぽん、と肩に手が置かれる。

「それじゃあアデル、僕はちょっと出掛けてくるから、フランセットと楽しんでおいで。馬車は置いていこうか？」

「我が家の馬車で送るから問題なくってよ。アデルもそれでよろしいかしら？」

フィー様とフランに見つめられ、慌てて頷《うなず》いた。

「え、ええ、それで構わないわ」

「また後でね、アデル」

とフィー様はわたしの手を取って口付けると、ナイトレイ公爵家の馬車に乗り込んで元来た道を戻っていった。それを見送り、顔を戻せば、フランと目が合う。

「お茶の用意をしてあるの。さあ、行きましょう？」

フランに手を取られてナイトハルツ公爵家の屋敷の中へ案内される。

控えていた使用人達が一斉に頭を下げた。

恐らく、ここの使用人達も混血種《ダンピール》なのだろう。

そうして手を引かれるまま、玄関ホールを抜けて廊下を進み、到着した先でフランが扉を開けた。

その先にあったのは広々とした温室であった。暖かな日差しが照らす室内は明るく、瑞々しい緑がそこかしこにあるものの、フランの目指す場所には可愛《かわい》らしい白の丸テーブルと二脚の可愛らしいデザインの椅子《いす》が置かれている。

テーブルのそばでフランが立ち止まり、わたしを椅子の一つに座らせる。

そして残りのもう一つにフランが腰掛けた。

「こうしてアデルが来てくれて嬉しいわ」

どこからともなく使用人が近付いてきて、紅茶を二人分用意すると静かに下がっていく。

「わたしも、招待してもらえて嬉しいわ。昔は母の社交についてお茶会などに参加していたけれど、こうして個人的に誰かの家に招待してもらえたのは初めてよ」

「もしかして、わたくしはアデルの初めてのお友達？」

訊き返されて、苦笑が漏《も》れた。

「……そうね、この歳《とし》で友人が一人もいないなんて恥ずかしいことでしょうけれど……」

「そんなことないわ。妹がアデルの悪い噂を流したせいよ。でも、わたくし、少し嬉しいの。だってアデルの一番のお友達ってことでしょう？」

「ええ、フランはわたしの最初で、一番のお友達ね」

嬉しそうなフランにふと訊き返す。

「でも、フランは友人が多いでしょう？」

「社交という意味での繋《つな》がりはそれなりにあるわ。ただ、その人達をお友達とは言えないわね。お互い、自分や家の利益《りえき》を考えて共にいることが多いから」

「公爵令嬢も大変なのね」

昔、やがては友人と呼べるかもしれないと思っていた相手がいた頃、わたしはあまり友達との付き合いに損得を考えてはいなかった気がする。一緒に話したい、遊びたい、共にいるだけで楽しい。

そんな、純粋な気持ちだった。

だけどティナが現れてからはそれも崩れ去った。

先に親しく付き合っていたわたしよりもティナを信じた友人達には失望したし、それ以降、友人をつくる気にもなれなかった。どうせ、わたしが友人をつくればティナに奪われる。

「そういう人達はそれでいいのよ。わたくしも向こうも、分かっていてそうしているわ。だけどアデルは別よ？　家のことは関係なく、お友達になりたいと思ったの」

「ありがとう、フラン」

「感謝されるようなことではないわ」

ツンと顔を背け、扇子で隠してしまったけれど、それが照れ隠しであることは簡単に分かった。

紅い瞳《ひとみ》が嬉しそうに細められていたから。

「イレーナ、アデルに軽食を取り分けてあげて」

先ほど紅茶を用意してくれた侍女が頷き、動く。

「苦手なものはございますか？」

「いいえ、ないわ」

侍女がケーキスタンドからサンドイッチを皿へ取り分け、わたしとフランの分を用意した。

「ありがとう」とお礼を言うとニコリと微笑み返される。

皿の上には一口サイズのサンドイッチが四つほど並んでいる。どれも色鮮やかで見ているだけでも綺麗《きれい》だが、外見から、美味《おい》しいのだろうということも分かった。

サンドイッチに手をつける前に紅茶を一口飲む。

「美味しい……」

甘酸っぱいベリー系の香りが鼻を抜ける。爽《さわ》やかで、さっぱりとした味の中に少し渋みがあり、一口含むと瑞々しい香りが広がった。

「まるでベリーをそのまま頰張《ほおば》っているようね」

「わたくし、この紅茶が好きよ。アデルはどうかしら?」

「ええ、わたしもとても好きな味だわ」

カップに口をつけるまでは濃厚なベリーの香りがするけれど、口に含めば香りは柔らかくなる。

「華やかで、瑞々しくて、香りも強くて、でも口に含むと優しい香りになるのがまるでフランみたいね」

「あら、それは褒めてくれているのかしら?」

「もちろん。素敵な紅茶を用意してくれてありがとう、フラン。ベリーの香りに凄く癒《いや》されるわ」

「……帰りに持たせてあげる」

扇子を閉じて、顔を戻したフランは機嫌が良さそうだ。

勧められてサンドイッチに手をつけた。一口サイズの大きさに切ってあり、食べると、肉の甘みと野菜のシャキッとした食感、それを包む柔らかなパンも美味しい。

……さすが公爵家。

ナイトレイイ公爵家の食事を初めて食べた時も感動したが、ナイトハルツ公爵家の料理人も相当腕が良い。思わず、しみじみと味わってしまう。

「ところで、イアンお兄様との仲はどう？」

フランの言葉にドキリと心臓が跳ねた。

「えっ？」

「イアンお兄様がアデルを見る目、会う度に熱っぽくて『好き』って気持ちが出ているもの。それにアデルもイアンお兄様に向ける目がとても輝いているわ」

「そう、かしら……？」

フィー様の愛情は感じているし、熱い視線も何となく気付いていたけれど、そんなにわたしもフィー様を見る目が違うのだろうか。頬に手を当てれば、フランが微笑む。

「イアンお兄様も変わったわ。前はもっと子供っぽくて、恋愛話なんて全然興味がなくて、女性の影もなかったの。そういうことよりも、友達同士でお酒を飲みながら騒いで遊ぶほうがずっと楽しいって言っていたわ」

「それは……、ちょっと、想像出来るわね」

フィー様は整った美しい男性の容姿をしているけれど、話してみると子供っぽいところがある。わたしにべったりだし、公爵家で仕事をしている様子もみたことがないし、出掛け先はいつも遊び目的だ。部屋にいる時もチェスやトランプを楽しんでいる。

「しかも昔のイアンお兄様ときたら、ヴァレールと走り回って遊んでいるような人だったのよ。とても大人の男性とは思えなかったわ。……まあ、吸血鬼は長命だからこそ精神の成長も人間より緩やからしいのだけれど」

「そういえばフィー様の年齢を訊いたことはなかったわ」

「イアンお兄様は人間で言えば二十代前半かしらね。実年齢についてはわたくしも知らないけれど、恐らく三百近いのではないかしら」

わたしとフィー様は、人間的な外見年齢で見れば釣り合いは取れているだろうが、実年齢では、わたしはフィー様から見たら子供なのだろうか。

「だけど、今のイアンお兄様はフラフラしていたのが一本に定まった感じがするわ。元々、興味のあることには集中する性質だもの、アデルという愛すべき人を見つけて、今まで適当に過ごしていたイアンお兄様の気持ちが落ち着いたのね」

……わたしはこれからどうしたいのだろう。

死にたい、消えたいという気持ちはまだ完全になくなったわけではないけれど、フィー様と一緒に生きていきたいという気持ちもある。

けれども同時に怖いと思ってしまう。それが何に対しての恐怖なのか自分でも分からない。

「アデルと一緒にいるイアンお兄様のほうが、前よりもずっといいわ」

フランの言葉にわたしは微笑んだ。

「きっと、わたしもそうよ。前のわたしだったなら、多分、フランとは友人になれなかったと思う。フィー様に出会って、わたしも変わったわ」

「お互いに良い影響を与え合える関係って素敵ね」

「……わたしはもらってばかりよ」

ふぅん、とフランがテーブルに頬杖《ほおづえ》をつく。

「アデルはそれが嫌なのね」

その言葉にハッとする。

視線を上げればフランがわたしを見ていた。

「……そうね、気になってしまうわ。わたしは与えてもらうばかりで何も返せていないもの」

フィー様からもらってばかりで、わたしはフィー様に何も返せるものがない。

それが、心のどこかで引っかかっていたのだ。

フランが目を瞬かせた。

「あら、アデルは意外と自己肯定感が低いのね。もらったものを全部同じだけ返す必要はないと思うわ。それでも、返してないことが気になるなら、気持ちで表せばいいのよ。アデルが笑顔で『ありがとう』って言えばイアンお兄様はそれだけで喜ぶわ。イアンお兄様、単純だもの」

「……フランはフィー様に厳しいわね」

「親戚のお兄様としては好きだけれど、子供っぽいし、少し性格が捻《ひね》くれているから、歳上《としうえ》だけど歳下な感じもするのよ」

大人っぽく背伸びをしているフランからしたら、大人なのに子供っぽいフィー様に色々思うところがあるのかもしれない。

「ねえ、アデル。アデルは吸血鬼のことが嫌い？」

唐突に訊かれて、わたしは驚いた。

「いいえ、好きよ。少なくとも、今まで会った吸血鬼の皆様はとても優しくて良い方々ばかりだったわ」

「元婚約者は混血種《ダンピール》だったでしょう？」

「だからと言って混血種《ダンピール》全《すべ》てを憎んだりはしないわ」

フランはホッとしたような顔をする。

「……わたくしやイアンお兄様が『吸血鬼に転化して』とお願いしたら、同族になってくれる？」

その答えに窮した。

どう答えるべきか考え、そして、正直に伝えることにした。

「フラン、わたしは怖いの。家族からも婚約者からも裏切られて『死にたい』という気持ちが大きくて、今は『生きたい』気持ちもあるけれど、長い時を生きる勇気がないわ……」

フランは嘘《うそ》で偽った言葉を好まないだろうから。

それはきっとフィー様もそうなのだと思う。

「だからどうするか迷っているの」

「……なりたくない、ではなくて？」

訊き返されて、そういえば、と気が付いた。

「吸血鬼になること自体は嫌ではないわ」

「良かった。それなら沢山悩めばいいのよ。種族が変わるんだもの、数年迷っても当然だと思うわ」

「そうかしら？」

「そうよ。わたしだって人間になれると言われて、大切な人に『人間になってくれ』って言われたら凄く悩むもの。イアンお兄様だって、無理強いはしてこないのでしょう？」

それに頷き返す。

フィー様は一度でもわたしに『吸血鬼になってくれ』とは言わなかった。

そういうところが安心出来て、でも、同じくらい寂《さび》しくて。

……寂しい？　わたしは、それが寂しいの？

「もしかしたら『吸血鬼になってくれ』って、言われたいのかもしれないわね。……わたしが必要だと、欲しいと、そう強く願ってほしいのかも」

「イアンお兄様がそう願ったら、アデルは頷くの？」

「……分からないわ」

しかし、もうわたしはフィー様の手の中に落ちている。

もし強く請われたら断る自信がない。

「ただ、わたしが死んだ後にフィー様が他の女性と付き合ったり結婚したりするのは、とても嫌よ」

フランがおかしそうに笑い出した。

「アデル、それは答えと同じことよ」

「同じ？」

「イアンお兄様が他の女性と一緒にいるのが嫌なら、そうならないように、ずっとアデルがそばにいればいいじゃない」

まっすぐな言葉がストンと胸の内に収まった。

……わたしがずっと、そばに……。

「生きるのが嫌になったら、その時にどうするか考えればいいのよ。アデルは考えすぎだわ。イアンお兄様みたいにもう少し、自由に生きてみるの」

……もっと自由に生きてもいいのかしら。

「わたくしはアデルに吸血鬼になってほしいわ。きっと、イアンお兄様もそう思ってるはずよ」

もしもそうだとしたら、わたしは……。

それからナイトレイ公爵家に帰るまで、わたしの頭の中はずっと『これから』のことでいっぱいだった。

Chapter.16

さよならを告げる

お茶会から二週間後。今夜、王城で王家主催の舞踏会が開かれる。

午後からはフィー様と別々に過ごし、夜会に向かう時間いっぱいまで使って身支度を整えた。

入浴し、全身を揉《も》んで浮腫《むくみ》を落とし、丁寧に髪や体を洗われて、全身に香油を塗り込まれて髪も肌も艶々《つやつや》だ。しかも入浴後はたっぷりの化粧水やクリームを使って顔をマッサージしつつ、爪《つめ》の形を整え、磨いてもらう。

小休憩を挟んだ後、ドレスを着る。鮮やかな緑色のドレスだ。

フィー様がよくわたしを「赤いバラみたい」と言うので、最近は緑系のドレスを着ている。

今回の夜会のドレスもフィー様が「緑色で合わせて行こうよ」と言ったため、緑色のドレスになった。装飾品は髪の色に合わせてルビーだ。髪を丁寧に梳《くしけず》られて、いつもよりきっちり巻かれる。

側頭部の髪は細い三つ編みにして後ろでまとめ、まとめた部分に髪飾りがつけられる。

元々気の強そうな顔立ちなので化粧は薄く。

全《すべ》てを終えた頃には窓の外は夕暮れになっていた。

「よくお似合いです」

全てをやり切ったという顔でメイド達が言う。

普段は最低限の化粧で済ませているため、きちんと化粧をすると大人っぽく見える。

「ありがとう。いつもより大人っぽく見えて素敵だわ。これからはもっとお化粧をしようかしら」

「きっとイアン様はお喜びになられると思います」

そんな話をしていると部屋の扉が叩《たた》かれた。

メイドの一人が応対し、すぐにフィー様が顔を覗《のぞ》かせた。

「アデル、準備は終わった……」

振り向けば、フィー様が目を丸くする。そして、やや大股で近付いてきて、座っているわたしの目の前で立ち止まると、フィー様の手がそっとわたしの頬《ほお》に触れる。

「アデル、君は普段も美人だけど、今日はより綺麗《きれい》だよ」

「フィー様も、格好良くてとても素敵よ」

入ってきたフィー様も夜会用の、普段よりも華やかな装いをしており、落ち着いた暗い緑色の服は一目でわたしと揃《そろ》えているのだと分かる。

普段は下ろしている長い銀髪も今日は結い上げられており、整った顔がよく見える。

「嬉《うれ》しいな。こんな綺麗なアデルを『僕の婚約者です』ってみんなに紹介出来るなんて、僕は幸せ者だよ」

スッと腕が伸びてくる。

あ、と思った時には抱き締められていた。

「こんな綺麗なアデル、他の男に見せたくないなあ」

「それは言いすぎではないかしら」

体を少し離したフィー様が言う。

「アデルは今日、誰《だれ》よりも綺麗だよ」

その表情はとても真剣なものだった。

「……ありがとう、フィー様」

そうして、公爵様と公爵夫人の支度《したく》も整い、公爵夫妻とわたし達は別々に二台の馬車で王城へ向かうことになった。

＊　＊　＊　＊　＊

王城に着き、一度控え室へ通される。少し待ち、時間になると舞踏の間へ案内された。

……きっとお茶会の時より大勢の人がわたしに注目するわね。

銀髪に紅い瞳《ひとみ》の公爵家の中に、わたしだけ、色違いが混じっているのだ。目立たないはずがない。

王城の舞踏会など、デビュタント以来である。

緊張しているとギュッと手を握られた。フィー様を見上げれば微笑みが向けられる。

「アデル、君は綺麗な赤いバラだよ。特に今日は一段と美しくて、まるで大輪のバラみたいだ。誰も君を笑うことなんて出来ないよ。それでも、どうしても緊張するなら僕だけを見て？」

「フィー様だけを見ていたら挨拶《あいさつ》が出来ないわ」

ふふ、と笑いが漏《も》れた。フィー様も笑い、緊張が解《ほぐ》れていく。

公爵様と公爵夫人、フィー様、そしてわたしの名前が呼ばれる。入場の合図である。

背筋を伸ばし、しっかりと前を向いた。

……わたしが俯《うつむ》く必要はない。

公爵夫妻に続いてフィー様と共に舞踏の間に入る。

周囲から突き刺さるような視線を一気に浴びたけれど、わたしは意識して笑みを浮かべた。

そこからは挨拶回りとなり、王族はもちろんのこと、他の公爵家の方々やナイトレイ公爵家と繋《つな》がりの深い家へ声をかける公爵夫妻にくっついて回る。

両陛下はわたし達の婚約に言及して「おめでとう」と祝福してくれたおかげもあってか、表向き、わたし達の婚約を否定する者はいなかった。

他の公爵家の方々は、多少癖《くせ》の強い部分もあったけれど、基本的には穏やかで、話している間も和やかな雰囲気であった。それはわたしがフィー様の婚約者だからだろう。

吸血鬼は数が少ない分、身内を大事にするそうだ。だから今まで全く浮いた話のなかったフィー様が、やっと好きな相手を見つけて、しかも婚約出来たことが嬉しいらしい。

婚約について祝福の言葉を沢山かけてもらった。

中には「いつ同族になるのか」という問いかけもあって、余計にわたしはそれを考えさせられた。

フィー様は「急いでいないから」とやんわり受け流してくれたけれど、いつまでも先送りには出来ないことである。

挨拶の後、わたし達はテラスで少し休むことにした。

夜会はお茶会よりも人が多く、久しぶりの社交と人の多さに酔ってしまったのだ。

「アデル、大丈夫？」

フィー様が心配そうに覗き込んでくる。

「ええ、大丈夫よ。ごめんなさい」

「アデルが謝ることじゃないよ。久しぶりに大勢と話して疲れちゃったんじゃない？　飲み物、取ってくるよ」

「いえ、いらないわ。……それよりも、もう少しだけここにいて」

飲み物を取りに行こうとしたフィー様の袖《そで》を摑《つか》んで引き留めてしまった。

フィー様はふっと微笑むとわたしの手を取り、テラスの柵《さく》の縁に座った。

同じように横に座るとフィー様がわたしにくっつき、落ちないように腰を支えられる。

「みんな、僕とアデルのことを祝ってくれたね」

「そうね、反対されなくて良かったわ」

「もし反対されても僕は諦《あきら》めないけどね」

ギュッと腰に回る手に力がこもる。

……わたしはフィー様を信じたい。

＊　＊　＊　＊　＊

その後、化粧を直した後に舞踏の間へ戻った。

多くの人々が舞踏の間でダンスを踊っている。

フィー様がわたしへ手を差し出した。

「アデル嬢、僕と踊っていただけますか？」

丁寧な仕草で、でもウィンクをしながら言われた言葉に戸惑った。

「でも、わたし、こういった場で踊ったことはほとんどないの。失敗したら……」

フィアロン侯爵令息と婚約していた時もほとんどダンスは踊らなかった。

一緒に入場してもすぐに別々になり、いつだってわたしは壁の華で、誰かに誘われても踊る気がしなくて断り続けていた。誘われたのも最初のほんの数回だけだが。

「大丈夫、僕がリードする。アデルになら足を踏まれてもいいよ」

と、言われて笑ってしまった。

「足の甲が腫《は》れてしまうかもしれないわ」

「吸血鬼は頑丈だからそれくらいじゃあ腫れないよ」

「そうなの？」

「うん。だから、僕と踊ってくれる？」

それ以上断る理由はなく、わたしはフィー様の手に自分の手を重ねた。

優しく手を引かれてダンスの輪へ交ざる。

わたしに触れるフィー様の手はとても優しくて、まるで硝子細工を扱うように丁寧で。

曲に合わせて動き出せば、自然に足がステップを踏んだ。

驚いているとフィー様が笑った。

「僕、実はダンスが得意なんだ」

なるほど、フィー様のリードはとても上手だった。

「確かに、なんだか心地好いわ」

フィー様のリードは目を瞑《つむ》っていても踊れそうなほどに丁寧で優しいものだった。

曲に合わせて、くるりくるりとターンしながら踊るのがとても楽しい。

あっという間に一曲目は終わってしまった。

「アデル、このままもう一曲いけそう？」

「ええ、もちろん」

むしろ、もっと踊っていたい。

そうしてわたし達は二曲目も踊る。

婚約者同士なら続けて二回、夫婦ならば続けて三回までダンスを踊ることが出来る。

ステップを気にしなくても、フィー様に身を委《ゆだ》ねるだけでいい。

フィー様の手が、目線が、体が、わたしを次の一歩へ誘ってくれる。

……いつだってそうだったわ。

出会ってから今まで、ずっとフィー様が手を差し伸べてくれた。

フィー様のおかげでわたしはここまで来た。

「こうしてアデルと踊れるなんて夢みたいだよ」

嬉しそうに笑うフィー様の顔が近くて、ドキリとする。

「わたしも、こんなに楽しいダンスは初めて」

楽しい時間は本当にすぐ過ぎてしまう。

二曲目のダンスを終え、名残惜しいと思いつつ、二人で輪から離れる。

その余韻に浸っていたら後ろから声をかけられた。

「アデル！」

声を聞いただけで、それが誰なのか嫌でも分かった。

深い溜《た》め息《いき》を吐いてしまう。フィー様に目で「無視する？」と問われたが、後ろからまた名前を呼ばれて、聞こえないふりは出来なかった。いくら楽団がいると言っても人の声は響く。

せっかく王家専属の楽団が美しい音楽を奏でてくれているというのに、それを遮《さえぎ》るように大きな声で呼ばないでほしい。そんなことをすれば人々の注目も集めてしまう。

そう思ったが既に遅く、人々の視線が集まるのを感じる。

仕方なく立ち止まって、振り返った。

「何の御用でしょうか、ウ、ウェ、ウ、ウェルチ伯爵令息」

そこにはウェルチ伯爵夫妻と伯爵令息がいた。わたしの言葉に何故《なぜ》か令息は傷付いた顔をして、痛みに耐えるようにグッと唇を一瞬噛《か》み締《し》めた後に微笑んだ。

「アデル、元気そうで何よりだ」

極力、柔らかな笑みを意識したのだろう。

けれども、それはわたしにとっては少し不気味だった。

伯爵家にいた頃はいつも、わたしに対して怒鳴るような口調だったから。

「公爵家では良くしていただいておりますので」

「そうか。……その、前より綺麗になったな」

「わたしを愛して、大事にしてくださる方々がいるので」

……今更、わたしを気にかけるようなことをするなんて遅いわ。

どうしてもっと早くにそうしてくれなかったのか、どうして今更家族のように振る舞うのか、責めてしまいそうになる気持ちを抑えるのがつらい。

チラと見上げたフィー様も冷たい目で令息を見ている。

令息もそれに気付いてたじろいだ。美形の無表情というのはかなり威圧感がある。

「……ウェルチ伯爵家からティナを除籍した」

それにはさすがに驚いたが、令息の後ろにいた両親も黙っている。つまり、ウェルチ伯爵夫妻も伯爵令息も同意した上で、ティナをウェルチ伯爵家から放逐するということか。

……この人達はティナを愛していたのではないの？

「父上と母上も同意している。現時点でティナはもう伯爵令嬢ではない。我が家の令嬢はアデル、お前だけだ」

「何故、ティナを除籍したのですか？」

「お前は何も知らないのか？」

ウェルチ伯爵令息の視線がフィー様に向く。

フィー様を見上げれば、額に口付けられた。

「デニス・フィアロンとティナ・ウェルチは吸血鬼の掟を破った。吸血鬼が頂点のこの貴族社会で掟を破れば、当然、罰せられる。そうなれば家名に傷がつく。フィアロン侯爵令息も謹慎中とのことだ」

「フィアロン侯爵令息はともかく、ティナも罪に問われるのですね」

フィー様がわたしの疑問に答えてくれた。

「唆《そそのか》した者のほうが、むしろ罪は重いよ」

ティナとフィアロン侯爵令息については、あれ以降あまり考えていなかったが、吸血鬼にとっては大ごとだったようだ。

……でも、分かっていてフィー様は教えたのよね？

やはり優しいだけの人ではないのだろう。

「元は、あなたがティナに血のことを教えたせいでもあるのですが……」

同じことを考えたのか、ウェルチ伯爵令息の声は小さかった。

「混血種《ダンピール》とはいえ吸血鬼の妻になるなら、掟については知る必要があるから教えただけだよ。それを実行するかどうかは本人達の責任だと思うけど？」

フィー様にサラッと言い返されてウェルチ伯爵令息が押し黙る。

伯爵夫妻も黙っており、なんだか、彼らが酷《ひど》く小さな存在のように見えた。

伯爵家にいた時はもっと大きくて、どうしたって倒せない、反撃してもどうしようもない壁のように感じていたが、実際はそのようなことはなかったのだ。

「たとえティナが除籍されたとしても、わたしはウェルチ伯爵家には戻りませんし、このまま、フィー様と結婚します」

「っ、私達を捨てるのか？　血の繋がった家族じゃないか……！」

「……その家族に長年冷たく当たったのはどなたでしょうね」

令息が俯く。少なからず自覚はあるらしい。

そもそも、夜会の、人が大勢いる場所でこんな話をするべきではないのだ。

そんなことも分からないくらい追い詰められているのだろうか。

……それもそうかもしれないわね。

吸血鬼の掟を破り、家から重罪人を出したとなれば、ウェルチ伯爵家の名も傷付く上に社交界でも爪弾《つまはじ》きにされる。恐らくフィアロン侯爵家もそうなるのだろう。

「アデル！　この親不孝者め!!」

ようやく口を開いた父の第一声に呆《あき》れた。

「そうよ、ここまで育ててあげたのは誰だと思っているのかしら！」

「お金を出していただいたことについては感謝していますが、家族として接してはくださらなかったではありませんか。あの家で愛情をくれたのはお祖父様だけでした」

「それは、病弱なティナのことで私達は手一杯だったから……！」

苛立《いらだ》ちが募《つの》る。

確かに騙《だま》していたティナは悪い。わたしを悪役に仕立てたティナは悪い。

だが、きちんと事実を調べなかった両親や兄は？

わたしが違うと言った時、この人達は信じるどころか話すら聞いてくれなかった。

ティナが泣いたら信じたのに、わたしのことは信じない。

……ああ、そうだわ。その頃から、わたしはこの人達に抗《あらが》うのを諦めた。

言っても聞いてもらえない。信じてもらえない。余計に悪だと言われるだけだった。

でも今回の件で更に不快感が込み上げてくる。

「でもそのティナを除籍したということは、あの子のことすら愛してはいなかったのですね」

だからと言ってティナに同情はしない。

ウェルチ伯爵令息の肩が小さく揺れた。多分、どこかでそれに気付いたのだろう。

「伯爵家がどうなってもいいのか⁉」

「……そう思わせたのは、あなた達です」

愛されたかった。愛してほしかった。

わたしの伸ばした手を払ったのは、誰だったか忘れたのだろうか。

「アデル、大丈夫？」

ギュッと抱き寄せられ、その手に自分の手を重ねる。

それだけで冷えた心が和らいでいくのを感じた。

「大丈夫よ、フィー様……」

と、言いかけたわたしの言葉を聞き慣れた声が遮った。

「お姉様！」

高く澄んだ声が響き、視線が集まる。

そこにはフィアロン侯爵令息と、人目から隠すように頭部をヴェールで覆《おお》った少女がいた。

ヴェールの下からこちらを睨《にら》んでいたのはティナだった。

……どうしてティナとフィアロン侯爵令息がここに？

容姿が変わってしまったこともそうだが、令息の言葉が正しければ、ティナはウェルチ伯爵家から除籍されたはずだ。フィアロン侯爵令息も謹慎中で、こんなところに来られるはずがない。

振り向けば、ウェルチ伯爵夫妻も令息も酷く驚いた顔をしていた。

「フィアロン侯爵令息、これはどういうことかな？」

フィー様が冷たい声で問い、それにフィアロン侯爵令息が目を伏せて返答に窮していると、ティナが庇《かば》うようにフィアロン侯爵令息の腕に抱き着いた。

「デニス様を責めないでください！　彼は何も悪くありません！」

「へえ？　招待状もなく来た上に、貴族ではない者を城内へ入れたことを見逃せと？」

「それはお姉様が悪いのです！」

……そこでどうしてわたしが悪くなるの？

横にいたフィー様も呆れた顔をする。

「確かに、伯爵家ではお姉様とわたしとでは扱いに差があったかもしれません！　お姉様がわたしを恨むのも、仕方がないと思います！　でも、だからといってわたしに毒を盛るなんて……‼」

「は？」

「え？」

わっと泣き出すティナにフィー様とわたしは目を瞬《しばた》かせてしまった。

毒と聞いて周囲の人々も響《どよ》めき、どういうことかと注目が集まる。

「お姉様のせいでわたしはこんな姿になってしまったのに‼」

ティナが泣きながらヴェールを外した。

老婆のような白髪に、泥みたいに濁った色の瞳のティナに場が騒然とする。

人々の非難に満ちた瞳がわたしへ向けられた。

……なるほど、そういうことね。

自分が姉の婚約者を奪ったという噂が広まり、容姿も変わってしまい、実家からも除名され、このままでは何もかもを失う。だから血を飲んで変わった容姿を『姉に毒を盛られて変わってしまった』と言い訳をして、誤魔化《ごまか》したいのだろう。そんなことをしたところで貴族籍に戻れないのに。

そんなにわたしのことが嫌いなのだろうか。

ティナはそれを訴えるため、フィアロン侯爵令息にお願いしてこの場に来たらしい。

「ティナ、君の容姿が変わってしまっても俺《おれ》は君を愛するよ」

「デニス様……!!」

互いに手を取り合うティナとフィアロン侯爵令息に溜め息が漏れる。

「あのさ、君達は馬鹿《ばか》なの？」

フィー様の声は心底呆れていた。

「その姿は君達が吸血鬼の掟を破って、フィアロン侯爵令息がティナ・ウェルチに血を飲ませたのが原因でしょ？　そもそも、助けを求めて公爵家にも来たのをもう忘れたの？」

「そんな、わたしが飲んだのは毒ではなく血なのですか……!?」

まるで今初めて知りましたという風にティナが驚愕《きょうがく》の表情を浮かべる。

吸血鬼や混血種《ダンピール》の貴族達が、どちらが正しいのかと互いに顔を見合わせていた。

「それを知っているということは、やはりアデ――……ウェルチ伯爵令嬢がティナに毒、いや、吸血鬼の血を盛ったのだな!!　妹を妬んでこのようなことをするとは恥を知れ!!」

そう声高に言うフィアロン侯爵令息に頭が痛くなってくる。恥知らずはどちらだろうか。

フィアロン侯爵令息もどうやらティナの策略に乗っているらしい。

その様子からして、ティナに騙されているわけではなさそうだ。

しかし、響めく人々の声にはティナの容姿への哀れみや、わたしに対する不信感が交じっており、このままではティナの思惑通り、わたしが悪だと思われてしまう。

「恐ろしいわ。本当にあんなことをしていたとしたら、公爵家に入るべきではないでしょう」

「今までの噂もやはり事実なのではないかしら」

「もしかして、ナイトレイ様を利用して吸血鬼の血を得たのでは？」

けれども聞こえてくる囁《ささや》き声に体が強張る。

……怖い……。

俯きかけたわたしの手を、不意にフィー様が握った。

顔を上げればフィー様はまっすぐにティナ達を見ていて、でも繋いだ手は温かい。

「嘘《うそ》を並べ立てるのもいい加減にしろ」

一瞬、誰が言ったのか分からなかった。

それくらい、普段のフィー様とは雰囲気が違っていた。

「まず、アデルが君に毒……吸血鬼の血を盛ったということだけど、そのこと自体が矛盾している。吸血鬼の血が妙薬になることを知っている者も多い。その血を君に盛るということは、それを飲んだ君は健康になる。アデルが君を嫌っていたとしたら、果たして、そんなことをするだろうか？」

フィー様の言葉に周囲の人々が「そういえば……」と互いに話し合う。

わたしがティナを嫌っているのなら、吸血鬼の血ではなく、本物の毒を盛るはずだ。

嫌いな相手が健康になるものを盛るなんてありえない。

「それは、その、お姉様は、妙薬について知らなくて……」

「それこそおかしいでしょ。アデルが吸血鬼の血を手に入れるなら、僕からもらうしかない。渡すとしても、その時に『毒ではなく薬になる』と伝えているはずだしね。それを知ったら飲ませようなんて思わないでしょ」

ティナがぐっと唇を噛み締める。

けれどもフィー様は追撃の手を緩めなかった。

「次に、もしアデルが君に毒を盛ろうとしたとしても、成功はしない。君の周りには常に侍女がいたそうだし、伯爵家の使用人もアデルのことを嫌っていたからね。たとえお金を渡されて『妹にこれを飲ませろ』と命令しても、誰も頷《うなず》かないだろう。あとは自分の手でやるしかないけれど、アデルは僕と婚約してすぐにウェルチ伯爵家を出ていて、その後、君に毒を盛ることは出来ない」

周りの人々に説明するようにフィー様が語っていく。

「お姉様なら使用人の誰かを脅してやらせたかもしれないじゃないですか！」

「じゃあその使用人を証人として連れて来たらどう？」

「誰が盛ったのかなんて分かりませんし、実行した使用人が名乗り出るはずがありません！」

ティナの苦しい言い訳にフィー様が『やれやれ』と言わんばかりに大きく溜め息を吐く。

あの伯爵家の内情を知っていれば、使用人がティナに毒を盛るなんて考えられない。

嫌われ者だったわたしと愛されているティナ。どちらの味方になったほうが得かなんて、考えるまでもないし、何より、あの家でわたしが動かせる人間などいない。

もし「これをティナに飲ませなさい」と使用人に命じたり、脅したりしようものなら、それこそ両親や兄に報告されて罰せられるのはわたしである。素直にティナへ毒を盛る使用人などいない。

「それなら憲兵隊に使用人全員を調べさせて確かめればいい」

「みんなを疑うなんて酷い！　使用人のみんなはわたしの家族なのに!!」

「その家族が毒を盛ったかもしれないと言ったのは君でしょ」

と、堂々巡りのやり取りになる。気付いたフィー様も眉根《まゆね》を寄せた。

守るようにわたしの前に立つフィー様の背中は大きかった。

ティナを見た時に感じた不安はもうなくなっていた。

……フィー様はいつでもわたしを守ってくれる。

この背中を信じたい。この人なら、ずっと信じられる。

……わたしはこの人と共にいたい。

「騒がしいな、何事だ」

聞こえた声に振り向けば陛下と王妃様がいらした。

すぐにフィー様と共に礼を執る。

傍観していた伯爵夫妻と令息、ティナ達も慌てて礼を執った。

「まあ、アデル、大丈夫？　顔色が悪いわ……」

わたしを見た王妃様がお声をかけてくださった。

「はい、大丈夫です。お気遣いありがとうございます」

それに周囲が少しざわついた。王妃様が親しげにわたしへ声をかけたから驚いたのだろう。

「イアン、何があった？」

陛下の問いにフィー様が場の状況について説明をした。

さすがのティナも両陛下の前で許可なく言葉を発することはなかった。

話を聞き終えた陛下がティナ達へ顔を向ける。

「そなた達にも発言する許可を与えよう」

それにパッとティナが顔を上げた。

「わたしもデニス様も無実です！　お姉様のせいでこのような姿になってしまって……」

ぽろぽろと涙を流すティナの姿は可哀想《かわいそう》な少女そのものだった。

もし何も知らない人が見れば、その哀れな姿から、被害者はティナだと思うだろう。

それに対し、フィー様は言葉を続けた。

「陛下、誓って、僕はアデルに血を分け与えておりません」

陛下の視線がフィアロン侯爵令息へ向けられ、慌てて令息も言った。

「お、いえ、私も掟を破ってはおりません！」

それに陛下が「ふむ」と一つ頷く。

「陛下、今この場で確かめる方法がございます」

「『命令』か」

フィー様の言葉に、すぐに陛下が返す。

「『命令』って？」

「吸血鬼の能力の一つだよ。内容については、説明するより見たほうが早いかな」

陛下が頷くと、フィー様が口を開いた。

「『ティナ・ウェルチよ、動くな』」

不思議な響きの声だった。いつものフィー様の声より低く、それでいてよく響く。

それにティナが不思議そうに首を傾げたが何も起こってはいないようだった。

「フィアロン侯爵令息もやってみたまえ」

陛下の言葉にフィアロン侯爵令息の顔色が悪くなる。心なしかその肩が震えていた。

しかし陛下の言葉を無視することも出来ず、フィアロン侯爵令息が言葉を紡《つむ》いだ。

「『……ティナ・ウェルチよ、動くな』」

瞬間、ティナの体が不自然に固まった。ティナの表情が驚きに変わる。

「これでハッキリしただろう。この娘に血を分け与えたのはフィアロン侯爵令息だ」

陛下の冷え冷えとした声にフィアロン侯爵令息とティナがビクリと体を震わせる。

「吸血鬼の血を飲むと主従関係が生まれるんだよ。吸血鬼が主人で、血を飲んだ側が従属する。だから主人の『命令』に従属した側は抗えない。これで誰に従属しているか分かるんだ」

フィー様の『命令』に反応せず、フィアロン侯爵令息の『命令』には反応した。

つまりティナが飲んだ血はフィアロン侯爵令息のものであるという証明になる。

「っ」

これにはティナもフィアロン侯爵令息も言い訳のしようがない。

婚約破棄をしたフィアロン侯爵令息が、元婚約者のわたしに血を与えるはずがないからだ。

「分かってはいたが、国王たる私に嘘を申すとは不愉快だな」

陛下の言葉に二人が怯《おび》えた様子で俯く。

「衛兵よ、この者達を捕らえよ！」

そうして陛下の命を受けた騎士達が二人を捕まえる。

ティナと目が合うと、ギッと睨みつけられた。

「いつもいつもお姉様ばかりずるいわ！　わたしは幸せになりたかっただけなのに!!」

……それは、わたしだって同じだわ。

わたしもただ愛されたかった。家族と幸せに過ごしたかった。

でも、ティナが、あなたがそれを奪っていった。

思いの外、力があったのかティナが騎士達の拘束を振り切ってわたしへ摑みかかって来る。

「お姉様は幸せになんてなれないわ！　どうせまた捨てられるのよ！　わたしが幸せになれないのは全部お姉様のせいよ!!　お姉様は不幸を呼ぶ存在なのよ!!」

「っ……！」

気付けば、わたしに摑みかかろうとしたティナの手を払っていた。

その手がティナの頰にもぶつかり、乾いた音が響く。

「わたしから全て奪ったのはあなたでしょう！」

感情的になるのは淑女らしくないとか、こんな人目のある場所でとか、色々と頭の中では考えが巡っているのに、どうしても止められなかった。

「両親の愛も、兄の愛も、使用人達の愛も、何もかも奪ってそれでもまだ足りないと言うの!?　確かにあなたは病弱に生まれてしまったけれど、それはわたしのせいではないわ‼」

呆然《ぼうぜん》とした様子でティナがわたしを見上げてくる。

「そんなにわたしが嫌いなら、姉妹の縁を切りましょう」

予想以上に冷たい声が出た。

「わたしは幸せにはなれないとあなたは言うけれど、わたしは今、とても幸せよ」

ティナが首を振り、ありえない、という表情で後退る。

「そんな、そんなはずないわ……。わたしは苦しんでいるのに、お姉様が幸せなんて……」

伸ばされたティナの手は震えていたけれど、その手をわたしが摑むことはない。

「もう二度と、わたしを姉と呼ばないで」

呆然とした様子のティナは、フィアロン侯爵令息と共に舞踏の間から引きずり出されていった。

最初からこうすれば良かったのだ。姉妹の縁を切れば、比較されることもない。

……血の繫がりなんて、愛情には関係ないもの。

今のわたしには伯爵家よりも家族だと思える人々がいる。

「アデル、大丈夫⁉」

慌てて近付いてきたフィー様が心配そうにわたしの肩を抱く。

大丈夫だと、その手に自分の手を重ねて微笑んだ。

「丁度良い、ウェルチ伯爵」

陛下の表情が冷たいまま、伯爵へと向けられた。

横にいらっしゃる王妃様は不快そうに扇子で顔を隠す。

「そなたの娘ティナ・ウェルチは吸血鬼の掟を破り、混血種《ダンピール》の血を飲んだ。そして、フィアロン侯爵家のデニス・フィアロンもまた、ティナ・ウェルチに唆されて血を与えた。どちらも重罪であり、王であるわたしに虚言を申した」

「っ、お、恐れながら申し上げます。ティナは既に伯爵家から除籍処分しており、伯爵家の者ではございません！　我が家とは無関係でございます!!」

「デニス・フィアロンが掟についてティナ・ウェルチに話した上で、それを破らせたことは調べがついている。あの娘がまだ伯爵令嬢であるうちの出来事であったことも」

伯爵だけでなく、夫人や令息の顔色も悪い。

「この件については改めて罪を問う。良いな？」

「っ、か、かしこまりました……」

がっくりと肩を落とす伯爵はどこか小さく見える。少し前はとても大きく、怖く感じていたのに。

陛下がふと思い出した様子で更に言う。

「それから、イアンとの婚約を結ぶ際に、アデル嬢に関する一切《いっさい》に口を出さない約束だと聞いたが」

「はい、その通りです、陛下」

陛下の問いかけに、こちらに来たナイトレイ公爵が頷く。

「ですが、アデルは私達の娘です！」

「そうであったとしても公爵家との約束を無視する理由にはなるまい。家同士の契約ですら自分勝手に破るのがウェルチ伯爵家のやり方と受け取ることも出来る」

ウェルチ伯爵は返す言葉がなかったようだ。

「アデル嬢」

陛下に呼ばれて視線がわたしに集中する。

「そなたは、伯爵家との関係をどうしようと考えている？」

それは恐らく、わたしのための問いかけだった。いくら言っても聞かない伯爵家だが、王族や大勢の貴族の前での言葉まで無視することは出来ないだろう。

フィー様と繋がった手に少しだけ力が込められる。それは応援してくれているようだった。

「わたしは今後一切、ウェルチ伯爵家と関《かか》わりを持つ気はありません。金銭面で育ててくれたことには感謝しています。しかし、あなた方はわたしを子として愛してくれることがなかった。わたしも、もう、あなた方を親とは思えません」

まっすぐに顔を上げる。

「わたしはあなた達を愛していました。でも、あなた達は結局わたしを愛してはくれませんでした。だから、もう、あなた達を愛することはやめます。ですから、わたしのことは忘れてください。初めからいなかった者として、他人として、今後は互いに関わることなく離れて暮らしましょう」

陛下が一つ頷いた。

「家族だから助け合えるわけではない。時には傷付かないために、あえて離れるという道もある」

「そうね、家族には心の繋がりもなくてはいけないわ。血の繋がりだけでは家族とは言えないもの」

「アデル嬢自身もこう言っている。公爵家との婚約の条件をきちんと守るべきだ。そうだろう、ウェルチ伯爵？」

王妃様も頷き、そしてお二方がウェルチ伯爵夫妻を見る。

視線を向けられた伯爵夫妻は顔色を悪くしながらも、お二方の言葉に頷くしかなかっただろう。

「は、はい、おっしゃる通りでございます……」

それにわたしはホッとした。

もう二度と伯爵夫妻は、公の場でわたしに話しかけることは出来ないだろう。

わたしが拒絶したことと、公爵家との婚約の条件について多くの人々が知っているので、人目のある場所で下手にわたしへ声をかけようとすれば約束を破ることになる。

ずっと肩に重くのしかかっていたものが消えた気がした。

まだ心に燻《くすぶ》る色々な感情は消えないけれど、その重みがなくなっただけでも十分だった。

「さあ、少し騒がしくしてしまったが、夜は長い。皆、今宵もこの夜会を楽しむと良い」

手を叩いた陛下の言葉で空気が穏やかなものに変わる。

いつの間にか止まっていた楽団の演奏が流れ出し、人々の談笑やダンスが再開される。

ウェルチ伯爵夫妻と令息は居心地が悪そうに退出していった。

伯爵夫妻は早々にわたしへ見切りをつけたようだが、令息だけは最後までわたしのことを気にする素振りを見せた。

出ていく直前、目が合った。

わたしは小さな声で告げる。

「さようなら」

……もう、わたしにはあなた達は要らない。

声は聞こえなくても、口の動きで分かったらしい。

令息は気落ちした様子で、先に退出したウェルチ伯爵夫妻の後を追って出て行った。

優しくフィー様に抱き締められる。

「僕達も少し休憩しよう？」

「……ええ、そうね、少し疲れたわ」

「休憩室があるから、そこへ行こう」

促されて、ウェルチ伯爵夫妻達が出て行ったのとは別の扉から廊下へ出れば、王城の使用人がおり、空いている部屋へ案内してくれた。いつでも使えるようにと中の暖炉には火が灯っていた。

「お疲れ様、アデル。よく頑張ったね」

一緒にソファーへ座ると頭を撫でられた。

「手が冷え切ってるよ」

言われて、そこでやっと自分の手が氷みたいに冷たいことに気が付いた。

フィー様に寄りかかれば、わたしを温めるように抱き締められる。

手を伸ばし、フィー様の頬に触れる。

見上げるとフィー様と目が合った。

「……もっと甘えてもいいんだよ」

至近距離でフィー様が囁く。

「フィー様、わたし、ずっと考えていたの」

「何を？」

優しい声で訊き返される。

……この声が好き。触れる手の優しさが好き。

細身に見えるのに実は力が強いところも、黙っていれば麗《うるわ》しい紳士に見えるのに中身はちょっと子供っぽいところも、子供みたいに無邪気に笑うところも。

毎日のように気持ちを伝えてくれるところも、まるでお日様みたいに温かい。

「わたし、ずっと怖かった。フィー様を信じたくて、でも、また裏切られたらと思うと怖くて」

先ほどティナが現れた時も恐ろしかった。あの子にまた全てを奪われるかもしれないと。

「でも、フィー様はわたしを守ってくれた」

それがとても、本当にとても嬉しかった。

いつから好きだったかなんて訊かれたら、多分最初から。あの日、死のうとしたわたしを止めてくれた彼の姿を目にした瞬間には、きっと、わたしはもう……。

「……わたしはフィー様を愛しています」

彼の手の中に落ちていた。フィー様は優しいから、わたしがその自覚を持つまで待ってくれていただけで、本当は全て分かっていたのかもしれないが。

優しく甘い夢のような誘惑の中で、わたしは愛されること、愛することを知ってしまった。

「アデル、僕を愛してるって本当？」

整った顔立ちが間近にあり、気恥ずかしい。

けれども嘘を言う必要はない。

「ええ、フィー様を愛してるわ」

その頰に想《おも》いを込めてそっと口付ける。

フィー様が固まった。瞬間、バッと抱き締められた。

「ああ、アデル、僕も君を愛してる‼」

その背中に腕を回しながら言葉を続ける。

「それから吸血鬼に転化するかどうかだけれど……」

ずっと悩んだ。悩んだけれど、でも、おかげで決心することが出来た。

……フランは正しかったわ。

「わたし、吸血鬼になるわ」

「……本当に？」

囁くような声で訊かれ、頷いた。

「本当に。色々考えたのだけれど、フィー様はわたしを裏切らないと分かって、とても安心したの。わたしを愛してくれる人がいることの幸せを知って、幸せな毎日がどれほど素晴らしいかを知って、『死にたい』『消えたい』という気持ちよりも『この人と一緒にいたい』という思いのほうが強くなったわ。だから吸血鬼になるのも、もう怖くないの。……フィー様の隣はわたしだけがいい、なんて我が儘かしら？」

フィー様に抱き寄せられる。

「我が儘なんかじゃないよ。もし誰かがそれを我が儘だって言ったとしても、僕にとっては我が儘じゃない。僕もずっと同じ気持ちだった。アデルの隣に立つのは僕だけがいい」

耳元で囁かれる。

「君が望めば、僕が叶《かな》える」

初めてその言葉を言われた時からまだ二月も経《た》っていないのに、まるでもう何年も前のことのような懐かしさを覚えた。フィー様の言葉に嘘はなかった。わたしの望みを叶えてくれた。

あの伯爵家から逃げられた。公爵家では公爵夫妻も、使用人達も優しく、フランやヴァレール様も仲良くしてくれて初めての友人が出来て、いつだってフィー様はわたしの声に応《こた》えてくれた。

「……これからも共に生きてくれる？」

恐る恐る訊かれて頷いた。

「フィー様に嫌われない限り、ずっと一緒にいるわ」

「僕がアデルを嫌うなんてないよ。今だって、こんなに好きでたまらないのに……」

そっと片手を取られて、その手をフィー様の首筋に当てられる。

触れた首筋からドキドキと早く脈打つ鼓動が感じられた。

だから、わたしもフィー様の手をわたしの首に当てた。

フィー様が、ふふ、と小さく笑う。

「アデルもドキドキしてるね」

首筋に触れていた手が顎へ移動する。

そのまま顎を持ち上げられ、フィー様の顔が降りてくる。

「口紅が取れてしまうわ……」

紅い瞳が柔らかく細められる。

「ごめんね。アデルがあんまり可愛《かわい》いから、我慢出来なくなっちゃった」

口付けられて、そっとフィー様の唇が離れる。

その頬に触れて今度はわたしからも口付ける。

「……一度取れてしまったら、何回しても同じだわ」

我ながら可愛くない言い方だと思う。

……もっと、もっと口付けて欲しい。

顔を近付け、けれど、また自分からするのは少し気恥ずかしくて顔を離すと、追いかけるように顔を寄せたフィー様に口付けられる。呼吸をするように何度も口付ける。

つい、場所も忘れてうっとりしてしまう。

顔を離したフィー様にまた抱き寄せられた。

「アデルの今の顔、誰にも見せたくない」

「……もう一度、して」

「うん」

また唇が重なる。二度、三度と戯れるように口付けを繰り返す。

「……早くアデルと結婚したいな」

甘えるようにフィー様が呟《つぶや》く。

「わたしも、そう思っているわ」

「じゃあ、帰ったら兄上に伝えておくね。出来るだけ早く婚姻届を出して、式を挙げて、夫婦になろう。頑張れば三月くらいで式は挙げられると思う」

「ドレスや装飾品は既製品でもいいわ」

「それならもっと早く出来るかもね」

ふふ、とフィー様が嬉しそうに目を細めた。

「式を挙げた後、アデルを吸血鬼にするね」

「前ではないのね」

「転化させるには色々あるから」

転化の方法については式の後に教えてくれるそうだ。

ただ「痛くはないらしいよ」ということだった。

「吸血したらなれるのではないの?」

「あー、人間の間ではそういう風に言われているみたいだね。でも人間の体を変化させるのは、さすがに血を吸ったぐらいじゃあ出来ないよ」

「それもそうね」

けれど、それ以上フィー様は教えてくれなかった。

吸血鬼に転化する方法は特別なものなので、簡単には教えられないのだそうだ。

なるほど、と納得したし、無理に訊くつもりもない。

「痛くないならいいわ。フィー様に全部、任せる」

何故《なぜ》か、フィー様の顔が少し赤くなる。

「……うん、絶対、優しくするから」

その言葉がどういう意味なのか。

それを知ることになるのは二月後のことだった。

フィー様とお祖父様と

Chapter.17

「そういうことで、早く結婚したいんだ」

王城での夜会を終えた夜。執務室を訪れた弟の言葉にマシューは溜《た》め息《いき》が漏《も》れた。

「アデル嬢はそれについて何と？」

「ドレスや装飾品を既製品にすれば早く出来るわ、だって！」

「そうか……」

頭が痛くなる。が、予想は出来ていた。

気紛《きまぐ》れなところのある弟・イアンだが、意外なことに浮気性《うわきしょう》ではないのだ。

むしろ気に入ったものはいつまでも好きな性質である。ここまでアデル・ウェルチ伯爵令嬢のことを気に入って、好きになっているのならば、結婚後も恐らく良好な関係を築けるだろう。

……だが、急ぎすぎではないか？

「一生に一度のことだぞ？　もっと時間をかけて、より良い式にしたほうが良いのではないか？」

「うーん、それも考えたけど、今日の綺麗《きれい》なアデルを見て思ったんだ。このままアデルが社交を続けたら、きっと、いろんな意味で余計な虫が近付いてくるよ」

だから、アデル嬢に虫がつく前に結婚したい、ということらしい。

「何より、吸血鬼に転化するのをアデルが頷《うなず》いてくれたんだ」

「それは本当か？」

マシューは思わず訊き返してしまった。

「うん、本当だよ」

嬉《うれ》しそうに言う弟の気持ちは分かった。

吸血鬼への転化を了承したということは、アデル嬢の中で『生きたい』と思う気持ちが強くなったのだろう。それは喜ばしいし、望ましいことでもあった。

「……分かった」

アデル嬢の気が変わらないうちに結婚し、吸血鬼へ転化させ、肉体を強化して簡単には死なない体にする。それが、弟が今、望んでいることなのだろう。

「ドレスは既製品でも、出来る限り華やかになるよう手を入れさせ、装飾品はソニアと相談して公爵家のものを使用すればいい。場所は近くの教会を貸し切る。その後の披露宴は我が家で行えば良い。……招待状、衣装、装飾品、花、会場の飾り、用意するものもやらなければいけないことも山ほどあるぞ？」

「アデルのためなら望むところだよ」

そう答えた弟は嬉しそうだった。

＊　＊　＊　＊　＊

「アデル嬢、イアンとの結婚の話だが、本当に急いでいいのか？　急げば二月か三月ほどで準備は出来る。しかし、規模は小さくなってしまうぞ？」

朝食の席で公爵様にそう問われた。

わたしはそれに頷き返す。

「はい、構いません。元より規模は小さくて良いと思っております。それに、フィー様と早く家族になりたいのです」

わたしはウェルチ伯爵家を、血の繋《つな》がった家族を失ったけれど、フィー様や公爵家の皆様がいてくれれば、それでいい。

……何より、わたし自身の気が変わらないうちに結婚したい。

わたしは弱いから、きっと、時間が経《た》てば『本当に吸血鬼になってもいいのだろうか』と悩んでしまう。卑怯《ひきょう》かもしれないが、もう後戻り出来なくなってしまえば自分の気持ちを固められる。

フィー様とのことで迷いたくない。だから早く結婚したほうがいいのだ。

「わたしは吸血鬼に転化します。フィー様と、ずっと、これから先も一緒にいたいのです」

「まあ……！　良かったわね、イアン」

公爵夫人は驚いた顔をしたけれど、すぐに笑顔を浮かべると嬉しそうにわたしとフィー様を見た。

公爵様もわたし達を見て、そして頷いた。

「今後はかなり忙しくなるだろうが、困った時はソニアや私へ訊くと良い。それに使用人達も必要ならば好きに使ってくれ」

「ありがとう、兄上」

「ありがとうございます」

……結婚式の準備って何をするのかしら？

内心で首を傾げていると、公爵夫人と目が合った。

「午後になったらイアンと一緒に私《わたくし》の書斎にいらしてね。結婚式の準備について教えるわ」

「はい、よろしくお願いいたします」

教えてもらえると分かって少しホッとする。

その後は穏やかに朝食を終えて、フィー様と共に、わたしの部屋へ戻る。

ちなみに公爵家に来てから、一度もフィー様の部屋に行ったことも、入ったこともない。

「アデルを部屋に入れたら色々我慢出来なくなりそうだから。結婚したら好きなだけ入っていいよ」

と、いうことだった。

部屋に戻り、ソファーに二人で座る。

「……結婚したら、お祖父様のお墓にまた報告に行かないと。フィー様も一緒に来てくれる？」

抱き寄せられつつ訊けば、頷き返してくれた。

「もちろん」

それから、額に口付けられる。

「実は、アデルには話しておきたいことがあるんだ」

「あら、何かしら？　フィー様の秘密？」

「僕自身の秘密ではないけど、アデルには秘密にしていたこと、かな」

ギュッと抱き締められる。

抱き締められているのはわたしなのに、何故か、一瞬、縋《すが》りつかれているような気分になった。

「僕ね、実はアデルの『お祖父様』……エドと友達だったんだ」

フィー様の言葉が頭の中で響く。

……お祖父様と、フィー様が、友達……？

驚いたけれど、でも、嘘《うそ》だとは思えなかった。

フィー様の前でお祖父様の話はしているけれど、わたしは一度もお祖父様の名前を、それも愛称を言ったことはない。

お祖父様を、エドワード・ウェルチをエドと呼べるのは、早くに亡くなったお祖母様と、お祖父様とかなり親しい友人だけだ。昔、お祖父様がそう教えてくれた。

「お祖父様とはいつから友達付き合いをしていたの？」

わたしの質問にフィー様が眉《まゆ》を下げてこちらを見た。

「嘘だって思わない？」

「思わないわ。どちらも貴族だし、夜会か、男性の社交場で親しくなったの？」

「ふふ、アデルの予想は近いけど、残念。エドと僕が初めて会ったのは下町の小さな酒場なんだ。……昔はよく勝負に負けて酒を奢らされたなあ」

思い出したのか、懐かしそうな口調だった。

お祖父様は時折、ふらっとどこかに外出していた。

それは夜の時もあったし、昼の時もあって、わたしが「どこに行っているの？」と訊いても「友人達に会いに行ってきたんだよ」としか言わなかった。

フィー様の話では、お祖父様はエドと名乗り、平民の服を着て、こっそり下町の酒場で酒を飲みながらトランプなどをして過ごしていたそうだ。

……ああ、そうね、確かに秘密だわ。

公爵家の、吸血鬼という貴い身分の者が下町の酒場で酒を飲んでいたこともそうだけれど、その人と酒代を賭《か》けて遊んでいたなんてそうそう人に話せるようなことではない。

でも、きっとお祖父様は楽しかったのだろう。お祖父様は貴族だからと言って傲《おご》るような人ではなかったし、むしろ、貴族という立場を少し窮屈に思っている人だった。

身分を気にせず過ごせる場所がほしかったのかもしれない。

フィー様の話すお祖父様は、わたしの知らないお祖父様でもあって、けれども、何となくお祖父様らしいと感じるものが多い。下町の酒場にくるエドはちょっと頑固で気の良い男。

「途中から僕が勝つようになると悔しがって、でもすぐに嬉しそうに笑うんだ。それに孫馬鹿《ばか》でね、アデルが生まれてからは多分、毎回、アデルのことを話していたよ」

「お祖父様が？」

「うん、笑うと大輪のバラみたいに綺麗な子だってね」

お祖父様はよくわたしを赤いバラに喩《たと》えてくれた。

それは髪や瞳《ひとみ》の色の話だと思っていたけれど、お祖父様にとってはそれだけではなかったのかもしれない。

……だけど、確かに孫馬鹿ね。

会う度に友人に孫の話をするなんて、呆《あき》れられても仕方ない。

「『私の可愛《かわい》いアデル』」

ハッとした。

「エドはいつも、君のことをそう呼んでた」

目を閉じれば簡単に思い出せる。普段は気難しそうに少し眉根《まゆね》を寄せていたお祖父様が、わたしを見ると目尻を下げて、小さく手招きをしながら「おいで、私の可愛いアデル」と呼ぶのだ。

お祖父様はティナにそう呼びかけることはなかった。

お祖父様がそう呼ぶのはわたしだけだった。

「だから本当のことを言うと、初めて君を見た時にすぐにエドの孫だって分かったんだ。色彩も雰囲気も似ていたから」

フィー様にそっと頭を撫でられる。

「どうして、最初に会った時にお祖父様の友人だって教えてくれなかったの？」

「……今更『君のお祖父様の友達です。君を助けてあげるよ』なんて言えないよ。エドが亡くなってから八年も経ってるのに……」

それにね、とフィー様が続ける。

「僕、昔、エドに『うちの孫を娶《めと》らないか』って言われたことがあるんだ。孫が両親からちょっと蔑《ないがし》ろにされてるって相談も、実はあって……」

「え？」

驚いて見上げれば、フィー様が苦笑している。

その目はしっかりとわたしを見つめていた。

「エドの言う孫はもちろん、アデルのことだよ。でも、その時の僕はそれを冗談だと思って流したんだ。……エドは君の幸せを願っていたんだね」

フィー様は吸血鬼であることを隠していなかったらしい。

お祖父様は多分、地位が高くて伯爵家が手を出せない相手と結婚することで、わたしの扱いを変えたかったのだろう。

だから、フィー様にそんな話をした。

「ん？　でも、お祖父様がフィー様に話をした時ってことは、少なくとも八年以上前のことよね？」

「うん、その話をされたのは婚約の話が出て旅行に行く前だから九年くらい前のことかな」

「まだ、わたしは九歳じゃない。……お祖父様ったら」

確かに、あの頃には既に両親も兄もティナばかり可愛がって、わたしのことは後回しだった。

お祖父様はわたしの将来を想《おも》ってくれていた。

……ずっと、ずっとそうだった。

お祖父様の愛はわたしが思っていたよりも大きかった。

「ごめんね」

フィー様の手がわたしの頰《ほお》を撫でる。

「あの時、エドの話を流さないでちゃんと訊いていたら、アデルのことをもっと早く助け出せたんじゃないかって思って。……だから、ごめん」

額を合わせられて、紅い瞳が間近に迫る。その瞳にはどこか後悔の色が滲《にじ》んでいた。

少し顔を寄せてフィー様に口付けた。

「……フィー様が謝ることはないわ」

だって、当時のわたしは九歳だ。吸血鬼のフィー様は恐らく今とさほど変わらないだろうし、成人のフィー様と九歳のわたしが婚約なんて、それこそ無理な話である。

「こうして、今、助けてくれたじゃない。それで十分よ」

「……そうかな？」

「そうよ」

そこでふと、疑問が湧《わ》いた。

「フィー様は、わたしがお祖父様の孫だから助けてくれて、婚約しようと思ったのかしら？」

ちょっと困ったように眉を下げたフィー様が微笑む。

「一目惚《ぼ》れは本当だよ。そうして話して、一緒に過ごすようになって僕はもっとアデルを好きになった。もしあの時エドの申し出を受け入れていたら、小さい頃のアデルも見られたのにって考えることはあるけどね」

「……お祖父様が長生きしてくれていたらと思うわ」

「もしかしたら、あの時にはもう自分の命がそう長くはないってエドは気付いていたのかもね」

二人でお祖父様のことを思い出す。

「後で主治医から訊いたのだけど、お祖父様は病のことを誰《だれ》にも話さないように口止めしていたそうよ」

「エドって頑固って言うか、人に弱っているところを見せたがらない部分があったからなあ」

それに頷いた。最後に顔を合わせた時も、病のことを悟らせてはくれなかった。

痩せたのも「運動を始めた」「太っていると恥ずかしい」と言っていて、あれは病のせいだったと亡くなって少し経ってから気付いたくらいだ。

「結婚式を挙げたら、また、ちゃんと報告に行こうね」

フィー様の言葉に頷く。

そこで、また別のことに気が付いた。

「この前、お墓に報告へ行った時に持ってきてくれたお酒って……」

「うん、エドが好きだった酒だよ」

「……ありがとう、フィー様。きっとお祖父様も喜んでいたと思うわ。お酒が好きだったから」

「そうだね、酒場でも浴びるほどエールを飲んでたしね」

思い出したのかフィー様が笑う。

わたしの知っているお祖父様は、椅子《いす》に腰掛けて、ゆっくりとお酒を嗜《たしな》む人だったので、その言葉は少し意外だった。

「そんなに飲んでいたの？」

「おかげで、最初の頃は財布を空っぽにされたなあ。まあ、僕も何度かエドの財布を空にしたから、お互い様だけど」

そう言ったフィー様は嬉しげで、その声は柔らかくて優しいものだった。

フィー様にとっては良い思い出として残っているらしい。

……フィー様と一緒にお酒を飲むお祖父様、か。

そんな二人の姿を一度でいいから見てみたかった。

「あの日、僕はエドの墓に花を供えようと思って行ったんだ。……エドが僕達を引き合わせてくれたんだね。……アデルがあの時、死んでしまわないで良かった」

ギュッと抱き締められる。

「フィー様、止めてくれて、ありがとう」

「エドが僕を呼んだのかも。孫を死なせてたまるかってね」

二人で顔を見合わせて笑う。

眉根を寄せて怒るお祖父様が想像出来てしまった。

「あの時、持っていったナイフはまだある？」

フィー様に問うと頷《うなず》き返された。

「あるよ」

「あれはお祖父様の形見でもあるの。もし良ければ、フィー様が持っていて」

驚いた様子でフィー様が目を丸くする。

「いいの？」

他の誰かなら預けるなんて嫌だったけれど。

「フィー様ならいいの。ねえ、もっとお祖父様の話を聞かせて？」

わたしの我が儘にフィー様が笑って頷く。

「ありがとう。大切に保管するよ。僕も、アデルから見たエドの話が聞きたい」

それから、午後になるまでお祖父様の話をして過ごした。

フィー様にとってもお祖父様は大切な人だった。

「フィー様、お祖父様を覚えていてくれてありがとう」

きっと、お祖父様にとっても、フィー様は大事な友人であったに違いない。

だって「友人達と会ってきた」と話すお祖父様の表情はいつでも、楽しげなものだったから。

後悔はもう遅い

Chapter.18

アデルとの結婚の準備は忙しい。

結婚式の日時を決めて、教会に連絡を入れて場所の予約と司祭への依頼を行い、招待客を選び、文面を考え、招待状を書いて送る。

アデルは披露宴の準備を義姉上《あねうえ》と進めているが、出す料理だけでなく、テーブルや会場の飾り付けを考えるなど色々と忙しいようだ。最初は自分も参加したのだが、センスがないと放り出された。

仕方ないので結婚祝いのお返しについては、こちらが選んで送ることにした。これは執事と兄と相談して決めた。

……結婚式の準備、舐めてたなあ。

予想以上に忙しくて、時間が空くのは夜くらいだ。

月が天上に輝く頃、公爵家の敷地内を歩く。アデルは準備で疲れているのか最近は寝付きが良く、一度眠るとなかなか起きないし、発作の回数も減った。

……おかげで、やっと手がつけられる。

敷地内にある古びた建物に辿り着く。

古い石造りのそこは蔦で覆われており、基本的に人の出入りは禁止されている。

入っても良いのは公爵、つまり兄の許可を得た者だけだ。

特別な鍵で門を開け、中へ入り、門を閉める。

この場所は公爵家から離れており、朽ちかけているように見えるため、元より近付く者はいない。

鍵で今度は建物の扉を開く。中へ入ると、少し埃っぽさを感じた。

石造りで飾り気など欠片もない屋内を一度見回し、それから、暗闇の中で歩き出す。

吸血鬼は夜目が利くので明かりがなくとも闇夜を動ける。

カツ、コツ、と足音が響く。

廊下を進み、扉を抜け、地下への階段を下りる。長い階段を下りて地下の牢屋に着く。

牢屋の廊下にはランタンがあり、明かりが灯っていた。

「やあ、元気？」

そこにある牢屋には二つの影があった。

一つはくすんだ銀灰色の髪に暗い、やはりくすんだ紅い瞳の混血種《ダンピール》の男。

一つは老婆のような灰白の髪に、よどんだ色の瞳をした、若い人間の娘。

狭い牢屋の中で身を寄せ合っていた二つの影は、こちらを見て、慌てた様子で近付いてくると牢屋の鉄柵を掴んだ。

「これはどういうことですか⁉」

叫んだのは混血種《ダンピール》の男、デニス・フィアロンだった。

その横には男の婚約者のティナ・ウェルチがいる。

「ここから出して!!」

この二人だけでなく、フィアロン侯爵家とウェルチ伯爵家も吸血鬼の掟を破り、その罰を受けることになっていた。

しかし、両家に条件を一つ、つけた。

罪を犯した本人達を除籍して身柄を引き渡せば、家への処罰は軽くする、と。

両家はあっさり二人を差し出した。元よりティナ・ウェルチは除籍された身だ。

王家に引き渡された二人はそのまま、ここナイトレイ公爵家の罪人用の牢屋へ入れられた。

掟を、それも血を与え、飲ませたこの二人のことを王家も他の公爵家の吸血鬼達も許すつもりはない。本来であれば鉱山での労役か処刑か。どうするか決める際に自分が言ったのだ。

「あの二人、しばらく僕に貸してくれない？」

案外、あっさりとそれは通った。元々この二人の件には自分も絡んでいる。

というより、こうなることを望んでいたし、父と母、兄にこのことを話していた。

どうせならアデルの苦しみを味わわせてから、罰を与えればいい。

真夜中、アデルが眠っている間にこっそりこの二人の身柄を引き取り、ここへ放り込んだ。

「私達をどうするつもりですか！」

デニス・フィアロンの言葉に笑う。

「どうしようかな。君達はどうしてほしい？」

「え？」

デニス・フィアロンが驚いた様子でこちらを見る。

「ここから出してほしい？　でも君達は罪人だよ？　その首の枷は一生外せない罪人の証。あ、でも安心して。生まれた子はフィアロン侯爵家が引き取って、きちんと育ててくれるって。まあ、それが子供にとって良いことかは分からないけどね」

二人の首につけられた罪人の枷は誰にも外せない。

これをつけたまま外へ逃げたとしても、罪人である二人を助けてくれる者などいないだろう。

「もしここを出ても、野垂れ死にするしかないと思うよ」

首を指差してやれば、二人が自身の首に触れる。重く大きな枷は隠しようもない。

「それより、ここなら最低限の食事もあるし、雨風もしのげるし、誰も君達に石を投げないし、責めたりしない。君達はもう除籍されたから家にも帰れないでしょ？」

「それは……」

デニス・フィアロンは分かっているのだろう。言葉を濁し、手を握り締めて俯いた。

あの夜会での一件もあり、ティナ・ウェルチだけでなく、デニス・フィアロンも侯爵家から除籍されてしまい、今の二人は元貴族の平民に過ぎない。

その横にいたティナ・ウェルチが叫ぶ。

「嘘よ！　お父様もお母様も、お兄様だってきっと黙っていないわ！　今頃わたしを探しているはずよ‼」

「その君の家族が、君を捨てるって決めたんだけどね」

「そんなはずない！　わたしはみんなから愛されているもの！　捨てられるはずがないわ!!」

頭を振り、鉄柵を揺さぶろうとするが、しっかりと造られた柵が動かせないからか、ティナ・ウェルチの体のほうが前後に動く。そのティナ・ウェルチの肩をデニス・フィアロンが抱く。

「ティナ、落ち着け！」

「落ち着けですって？　こんな場所で、何日も同じ服で、まともな食事もないのに落ち着けと言うの!?」

「興奮すると子が流れてしまう！」

デニス・フィアロンの言葉にティナ・ウェルチが顔を上げた。

「だから何よ!?　こんな状況で子供を産んだって意味ないじゃない!!　わたしは幸せになりたかっただけなのに!!　子供を産んだって幸せじゃなければ無意味なのよ!!」

「ティナ……!!」

「そもそも、お姉様のものでなくなったあなたなんてもうどうでもいいわ!!」

ドン、とデニス・フィアロンが突き飛ばされる。

「ねえ、ナイトレイ様、わたしは可愛いでしょう？　春の妖精と言われたわたしのほうが、お姉様よりも！　ナイトレイ様ほどの方なら、きっと、誰もが『お似合いね』って言ってくれるわ！　こんなことになったのはあなたのせいなんだから責任を取ってよ!!」

「僕は君達のほうが『お似合い』だと思うよ。あと、前にも言ったけど『実行したのは君達自身の責任』で、君がそんな見た目になったことで僕を責めるのは筋違いだから」

手を振り、魔力で生み出した水鏡を宙に出現させる。

その水鏡をティナ・ウェルチへ向けた。そこへ映された己の姿を見たティナ・ウェルチが半歩下がり「ぁ、あ、いや……」と弱々しく首を振る。けれど、それは一瞬だ。

体を引き裂かれたような、耳を劈く叫びが響き渡る。

しかし、ここでの声や音などは建物の外まで響くことはない。

「ティナ！　ティナ‼」

必死にデニス・フィアロンがティナ・ウェルチを抱き締めて落ち着かせようとするが、ティナ・ウェルチは狂乱した様子で叫び続けている。

「うるさいなあ」

影から眷属を生み出す。真っ黒な狼だ。

その狼がティナ・ウェルチの足に噛みついた。

叫びが悲鳴に変わり、そして止んだ。

「あ、ぁ、痛い、痛い……‼」

ティナ・ウェルチがボロボロと涙を流すと、デニス・フィアロンが急いで自身のシャツを破き、ティナ・ウェルチの足の傷に巻きつけ、止血しようとする。

……ふぅん？　こっちの愛は確かになんだ？

ティナ・ウェルチはどうだか知らないが、デニス・フィアロンはティナ・ウェルチを愛しているようだ。そうでなければこんな状況の人間を手当てなどしないだろう。

……良いこと思いついちゃった。

「これから君達には掟を破った罰を与えるよ。僕の眷属が毎日、今みたいに君達に襲いかかる」

二人の顔色が更に青ざめる。

「待ってください！　ティナは妊娠しています！　そんなことをすれば流産してしまう!!」

「それもそうだね。まあ、子供に罪はないし、僕も流産させたいわけじゃあないからね。彼女の分まで君が受けるって言うなら、ティナ・ウェルチへの罰は控えてもいいよ？　君は混血種だから人間より体は頑丈だし、僕も君達を殺すつもりはないから、それでも構わないし」

こちらの言葉にデニス・フィアロンが顔を強張らせた。

体が頑丈と言っても痛みを感じないわけではなく、これほど吸血鬼の血が薄い混血であれば、再生力は人より僅かに高い程度だろう。

ティナ・ウェルチの足をデニス・フィアロンが見る。

眷属に噛みつかせた傷は浅いが、血を見れば、大抵の貴族は動揺する。

躊躇ったデニス・フィアロンにティナ・ウェルチが縋った。

「デニス様、頷いてくださるでしょう？　わたしとお腹の子のためにも！　婚約を結んだあの日も『君を守る』とおっしゃってくださったではありませんか!!」

歪な笑みを浮かべて縋るティナ・ウェルチは、とてもじゃないがまともではない。それにデニス・フィアロンも気付いているはずだ。

だがデニス・フィアロンは唇を引き結ぶと、ティナ・ウェルチを一度抱き締め、頷いた。

「それでティナを守れるなら」

「そう。じゃあ今日から罰を受けてもらおうかな。時間は、日が沈んでから昇るまで。ティナ・ウェルチの罰も君が受けるが、もし君が『もうやめてくれ』と言えばやめよう。その代わりティナ・ウェルチが本来の罰を受けることになるかもしれないけどね」

……不愉快だな。

軽く手を振り、影を通じて眷属を生み出した。成人男性よりもやや大きな狼が二匹。

牢屋の柵を通り抜けてデニス・フィアロンへ襲いかかる。

それにティナ・ウェルチが「ひっ……⁉」と悲鳴を上げながら壁際まで後退った。

狼がデニス・フィアロンに噛みつき、爪を立て、硬い床へ引きずり倒す。

デニス・フィアロンは苦痛の呻きを漏らしたものの、やめてくれとは言わなかった。

もしもデニス・フィアロンがアデルを愛し、伯爵家からアデルを守っていたなら、このような結末にはならなかっただろう。

たとえ自分がアデルに一目惚れしたとしても、アデルが幸せならば身を引いた。

だが、そんな未来を不愉快だと思う自分もいる。

……アデルは僕の婚約者で、妻になる子だ。その隣に他の誰かがいるなんて嫌だ。

もうここにいる必要はない。あとは、毎晩こちらへ眷属を送ればいい。

眷属を通してこの二人の動向は分かるし、わざわざ自分が会いに来てまで見たい顔でもないし、何よりここに出入りしていることはアデルに知られないようにしなければ。

……そう、アデルは知らなくていい。

伯爵家や侯爵家と取引きしている商人に圧をかけたり、社交界で彼らと関わりのある家と意図的に距離を置いたり、じわじわと真綿で首を締めるように両家を苦しめていることは教える必要はないだろう。

「アデルの前では『優しいフィー』でいないとね」

＊　＊　＊　＊　＊

腕や足に漆黒の狼が噛みついている。

その鋭い牙からもたらされる激痛に呻きながらも、歯を食いしばり、手を握り締めた。

痛みは感じるものの、言われた通り、死に直結するような怪我ではなく、その怪我は苦痛を与えるためのものであることが窺えた。

深々と刺さった牙が、肌を切り裂く爪が、ぼやけそうになる意識を引き戻す。

……ティナ……。

視線を動かせば、牢屋の壁際まで逃げたティナが座り込み、こちらを凝視したままガタガタと震えている。貴族の令嬢にとっては衝撃的な光景だろう。

……落ち着け、ティナ。腹の子に障る。

何とかそう言ったものの、痛みのせいで呻きにしかならず、ティナの肩がびくりと跳ねた。

「いや、いや、いやぁあああぁっ‼」

頭を抱えてティナが叫ぶ。

錯乱と言うほどではないようだが、とても正常とは思えない声でティナが叫ぶ。

「デニス様、愛しているわ‼　愛しているから、愛しているなら、耐えてみせてよ⁉　わたしを守ってよ⁉」

ティナ、と呼ぶ声が掠れる。叫び声がうるさかったのか狼達がティナへ唸れば、ティナが悲鳴を上げながら壁に張り付いて泣き叫ぶ。ここにいるのに「デニス様」と半狂乱で叫ぶ。

なんとか落ち着かせようと手を伸ばしたけれど、血で汚れていたせいか、それとも見えていないのか、ティナは泣き叫ぶばかりでこちらを見ようとしない。

……どこから間違えてしまったのか。

ただ、ティナを愛していた。愛する者と幸せになりたかった。

本気でティナを愛し、大切にしたいと思い、何からも守ると誓った。

「お姉様が悪いのよ！　全部全部ぜんぶ、お姉様のせいよ‼　お姉様が、お姉様がっ‼」

……ああ、そうだ……。

アデルが伯爵家の人々と関係が悪いことは知っていた。

婚約者であるのに、アデルを大切にしたことはなかった。

今、それがどれほど残酷なことだったか気が付いた。

……俺は、アデルを裏切った。

それも最低で最悪な方法で。婚約破棄を告げたあの日、思い返せばアデルの声は震えていたというのに、あの時の自分はそんなことを気にしようともしなかった。

力尽きた手が床へ落ちる。アデルを裏切ったのも自分の意思だ。

ティナに請われたとしても、吸血鬼の掟を破り、血を与えたのも自分の選択だ。

老婆のような白髪に、よどんだ瞳のティナがいる。

色彩を失っても、狂ってしまっても、愛している。

狼に噛みつかれて激痛に呻く。

……ティナ、俺の唯一……。

自分の選んだ道は間違っていたのだろうか。

結婚への準備

Chapter.19

フィー様と結婚すると決心してからは忙しかった。

でも、それは嫌な忙しさではなくて、毎日疲れるけれど、幸せへ一歩一歩向かっているような感覚が不思議な充足感を与えてくれる。

わたしが忙しいように、フィー様も結婚式のあれこれで忙しいだろうに、毎日、きちんと二人の時間を取ってくれるし、いまだに毎朝、赤いバラを渡してくれる。

「アデル、本当にいいの？」

そばで見ていたフィー様に訊かれる。

「ええ、いいわ」

わたしの返事に、髪結師の女性が頷《うなず》き、そしてシャキンとわたしの髪にハサミが入れられた。

シャキ、ショキ、と髪の切られる音がする。はらりとわたしの肩口で赤が揺れた。

結婚したら、わたしは吸血鬼へ転化する予定だ。この赤い髪とは永遠に別れることとなる。

吸血鬼へ転化すると、銀髪に紅い瞳になるそうで、わたしはその前に髪を切ることにした。

気持ちを切り替えるのも目的だけれど、前に話した通り、フィー様はわたしの赤い髪が好きなので、これは残して鬘《かつら》にしてもらうつもりだ。瞳の色は戻せないが、鬘を被《かぶ》れば髪色は戻る。

髪結師が切った毛先を整えてくれる。

「やっぱり、短い髪も似合うね」

そばで見ていたフィー様が言う。

「そう？　変じゃないかしら？」

「変じゃない。可愛《かわい》いよ」

肩口で切り揃《そろ》えられているが、元から少し癖《くせ》のある髪なので、ふんわりと波打っている。

髪結師が前髪の一部を三つ編みにして、額を斜めに通るようにすると、なんだかいつもより自分が幼く見えた。

フィー様がニコニコ顔でこちらを見つめる。

「せっかくだから画家を呼んで描いてもらおうよ」

と、言うくらいだから、短い髪型も気に入ったらしい。

「フィー様と一緒ならいいわ」

「僕も？」

「だってわたしだけだと寂《さび》しいもの」

「分かった。二人で並んだ絵を描いてもらおう」

フィー様が手を振るとメイドの一人が静かに一礼して下がっていった。

恐らく、数日後には画家が来るだろう。

髪結師が仕事を終えたことを告げる。

鏡を見れば、短い髪のわたしが見つめてくる。

「ありがとう。髪は鬘にしておいてくれる？」

「かしこまりました」

そうして、髪結師は後片付けを始める。

わたしが立ち上がるとフィー様が近付いてくる。

短くなった毛先をフィー様が触った。

「ふふ、アデルの髪ってふわふわだよね」

感触を楽しむように撫でられる。

「フィー様みたいにまっすぐで艶《つや》やかな髪だったらと思うことがあるわ」

「そうなの？　僕はアデルのこの少し癖のある髪、好きだよ。ふわふわで、華やかで、触り心地が好いよね。僕の髪は量が多いから結構邪魔なんだ」

「切らないの？」

髪の短いフィー様もきっと格好良いだろう。

「うん、短いとちょっと子供っぽく見えるから」

フィー様は少し恥ずかしそうにそう言った。

それはそれで見てみたい気もするが。

「それにしてもあっさり切っちゃったね。あんまり思い入れとかないの？」

「ないわね。放っておいても伸びるものだもの」

「アデルってそういうとこはサッパリしてるね」

どうせ、しばらくすればまた伸びるのだ。

多分、結婚式の前にもう一度、整えるために切るだろう。

むしろ頭が軽くなって清々した気分である。

「元々、好きで伸ばしていたわけではなかったから」

フィー様の手が止まる。

「じゃあ何で伸ばしてたの？」

「……昔はティナと何でもお揃いだったのよ。ドレスも、髪型も、色は違っても同じデザインで同じ髪型で。そうすれば平等だと両親は思っていたようだけど、わたしはそれが嫌だった。だから髪を伸ばしたけれど、ティナはすぐにわたしの真似をしたわ」

それどころか、わたしの着ていたドレスや髪飾りを欲しがった。

子供の頃はそれほど体格に差がなかったのもあって、わたしのドレスをティナが着ることもあった。

……あの子はわたしのものがとにかく欲しかったのね。

他人の持つもののほうが良く見えたのかもしれない。

たとえそれが同じものだったとしても、ティナからしたら、わたしの持つもののほうが良く見えたのだと思う。

「でも髪型は違ったよね？」

フィー様が首を傾げた。

それに苦笑が漏《も》れる。

「ティナとわたしは顔立ちが違うもの。わたしに似合う髪型が、ティナに似合うとは限らないわ」

「なるほどね」

昔のティナはわたしの真似ばかりしたけれど、段々と成長していく中で自分に合うものが分かってきて、あまり真似することはなくなった。

……そういえば、ティナの好きなものって何だったかしら？

あの子はいつも色々な人から沢山贈り物をもらっていて、いつだって「ありがとう」と言うけれど「嬉《うれ》しい」と言っているところは見たことがなかった。

淡い明るい色のドレスも、リボンやフリルの多い装いも、あの子に似合っていたけれど、ティナ自身が好きだったのかどうかは分からない。

わたしは淡い色が好きだったが、顔立ち的に似合わなくて濃い色を着ることが多かった。

……もしかしてティナはわたしとは逆に濃い色が好きだったのかしら。

今となってはもう訊くことも出来ない。ティナとフィアロン侯爵令息は、吸血鬼の掟を破った重罪人として両家から除籍された上で王家に身柄を引き渡されたらしい。

その後、罰を受けることになったそうだが詳細は知らない。

ただ、フィー様は「もうアデルと顔を合わせることはないよ」とだけ言っていた。

わたしもそれ以上訊くことはしなかった。

それよりも今は結婚の準備で忙しい。

メイドの一人がそっと声をかけてくる。

「服飾店の者が到着いたしました」

それにフィー様が頷いた。

「今日はドレスのデザイン選びと採寸だっけ？」

「ええ、そうよ。太らないよう気を付けないとね」

「僕も気を付けないとなあ」

フィー様のエスコートで部屋を出て、応接室へ向かう。

今日はわたしのドレスを選ぶ予定だ。

ちなみにフィー様の結婚式の装いだが「アデルのドレスに合う格好なら何でもいいよ」だそうだ。

そもそもフィー様はあまりセンスが良くない。

いつも着ている服はフィー様の侍従が用意していて、フィー様が自分で選んだものは大抵、侍従に却下されるらしい。

……何と言うか、華やか好きなのよね。

それが柄物と柄物を合わせて着たり、逆に変な色合い同士で合わせたりするので、確かにどことなく野暮《やぼ》ったく見えるのだ。フィー様は見目が良いので野暮ったい衣装でも、それなりに良く見えるのだけれど、それで誤魔化《ごまか》せることばかりではない。

応接室に着き、フィー様が扉を叩《たた》き、開ける。

中には公爵家御用達《ごようたし》の服飾店のデザイナーとお針子達がいて、いくつかトルソーが置かれており、そのトルソーは白いドレスを着せられていた。

挨拶《あいさつ》を交わし、ソファーへ腰掛ける。

「本日はドレスのデザインをお決めになられるとのことでしたので、既製品の中でも華やかなものを選んで持ってまいりました」

デザイナーが手でトルソーを示す。

一つは肩や腕が出て、細身の、最近の流行りとは少し違っているが、足に沿った形の上品なドレス。

一つはパフスリーブがほどよくある、首周りの出た、流行りの後ろ裾が長くてスカート部分が膨らんでいるドレス。

一つは手首から肩口まできっちり詰まった、チューリップを逆さまにしたような形のスカートの可愛らしいドレス。

……わたしに合うのは一番最初のドレスかしら？

流行りではないけれど、スラッとした感じが綺麗《きれい》に見えるだろう。

「近くで見ても？」

「ええ、どうぞ」

フィー様が立ち上がって三つのドレスを眺める。

その間に、わたしは採寸を行うことにした。

隣室の小部屋でメイドに手伝ってもらい、一度ドレスを脱ぎ、お針子達がわたしの腕の長さや肩幅、腰、胸部など全身あちらこちらを測る。

……伯爵家にいた時より少し太ったかしら？

ドレスを着せてもらい、元の部屋に戻っても、フィー様はまだ三つのドレスを眺めていた。

「フィー様、ドレスはいかがですか？」

声をかけるとフィー様が振り返る。

「アデルが髪を切る前だったらこっちが似合うかなって思ったけど、今のアデルはこっちのほうが良さそうな気がする」

最初にこっちと示されたのは、スカートが足に沿った上品なドレスだったが、次に示されたのは手首から首元まで詰まったドレスのほうだった。

「それに、あんまり肌を出してもらいたくないなあ。他の男がアデルの肌を見るって考えたら面白《おもしろ》くない」

「そうなのね」

三つ目のドレスに近寄る。

いくつかレースを重ねてチューリップを逆さまにしたような形のスカートのドレスは可愛らしいけれど綺麗だ。首や腕全体がレースで覆《おお》われていて露出は少ない。

試着も出来ると言うことだったので、その一つ目と三つ目を試着させてもらうことにした。

まずは一つ目のドレスを隣室で着せてもらう。意外なことにコルセットはないそうで、着心地は良いが、体の形がよく出てしまって少し気恥ずかしい。

フィー様へ見せたら即座に首を振られた。

「確かに凄く似合ってるけど、扇情的すぎるよ！　ダメ、絶対ダメ!!　他の男達がアデルに釘付けになっちゃうから!!　肌を出すのはなし!!」

でも、ダメ、と言いながらもフィー様はしっかりこちらを見ていた。顔は赤かったけれど。

次に三つ目のドレスを試着した。そちらはきちんとコルセットを締めて、ペチコートなども穿《は》いて、あまり体の形は出ないし、肌の露出もほぼない。

着替えて応接室へ戻ると、フィー様が近付いてくる。

「うん、こっちのほうが可愛い」

まだ調整していないのでドレスはやや大きいけれど、鏡で見ると思いの外わたしに似合っていた。

短く切った髪で少し幼く見えるので、多少可愛らしい形のドレスでも違和感がない。

……フィー様の反応も良さそうね。

遠目に見ると露出は少ないが、よく見れば、レースから肌が透けているので見た感じ、あまり重さも感じない。

「これにするわ」

「かしこまりました」

そうして隣室で元のドレスに着替えて応接室へ戻る。

ここから更にフリルやコサージュなどをつけたり、わたしの体に合わせて調整したりして、式までに間に合わせるようだ。何度か調整と確認のために来るそうで、まだまだ忙しい日は続くだろう。

フィー様の衣装についてはあっさりしたもので、同じ白系統の服でデザインを決めただけだった。

「男の装いなんて、それほど変わらないからね」

フィー様にとって、結婚式の主役はわたしなのだとか。

それから、デザイナーといくつか話をして衣装のことが決まると、わたし達は応接室を後にした。

この後にも、まだ色々とやるべきことがあるのだが、とりあえず休憩を挟むことにした。

部屋に戻るとフィー様がソファーへどっかり座る。

そして、ふあ、と欠伸《あくび》をこぼした。

「フィー様、もしかして寝不足？」

「ん？　うん、まあ、最近忙しいからね」

わたしもソファーへ座り、自分の膝《ひざ》を叩く。

「少し休んだほうがいいわ。膝枕してあげるから」

フィー様が目を丸くしてわたしと、わたしの膝を見た。

「え、いいの？」

「ええ、どうぞ」

もう一度叩いて見せると、いそいそとフィー様はソファーの上で横になり、わたしの足の上にそっと頭を置いた。紅い瞳が嬉しそうにキラキラ輝いている。

……少し休んでもらいたかったのだけれど。

むしろ、目が冴《さ》えてしまっているようだ。

いつもとは逆に、わたしがフィー様の頭を撫でる。

「アデルに撫でてもらうの好きだなあ」

「普段はフィー様がわたしの頭を撫でているものね」

「うん、でも、アデルはよく蝙蝠の頭を撫でてるよね？　あれは感覚も共有してるから、僕も撫でてもらってるようなものだよ」

……わたし、結構な頻度で蝙蝠を撫でていた気がするわ。

可愛いから、つい頭や体、首元などを撫でていたし、そうするとすり寄ってきて喜ぶからしていたけれど、フィー様と感覚を共有しているなら今後は控えたほうがいいだろうか。

「アデルは優しく触れてくれるよね」

フィー様が嬉しそうに笑っている。

……嫌じゃなさそうだし、いいのかしら。

フィー様の手がわたしの手を掴《つか》み、頬擦《ほおず》りする。

その仕草が蝙蝠と似ていて『ああ、本当に感覚を共有しているんだな』と納得した。

「早くアデルと結婚したいなあ」

フィー様の言葉に笑みが漏れた。

「もうすぐでしょう？」

「そうだけど、僕は今すぐにでもアデルと結婚したい」

「婚姻届は出してあるものね」

ちなみに婚姻届は結婚式の日に受理される予定だ。

「恋人でいられるのはあと少しだけだもの。その期間を楽しみましょう、フィー様」

あと一月半もしたら、わたし達は結婚する。

それまで、恋人兼婚約者という関係を楽しめばいい。

「アデルがそう言うなら」

わたしの手にすり寄り、フィー様が目を閉じる。

本当に寝不足だったようで、少しすると静かな寝息が聞こえてきて、わたしはそっとフィー様の頭を撫でた。

「……フィー様に出会えて良かったわ」

膝の上に感じる重みが愛おしかった。

君に触れたい

Chapter.20

「ねえ、アデル、触ってもいい？」

ドレスを選んでから数日。フィー様に訊かれて小首を傾げた。

「もう触れてるわよね？」

ソファーの上で抱き寄せられて、ぴったりとくっついている。恋人同士でもこれは少し近すぎる気がするのだが、恋人同士でのことをよく知らないので、この距離感が世間一般的なのかもしれないとも思う。

……別に嫌ではないからいいのだけれど。

フィー様が首を振った。

「えっと、そうじゃなくて、うーん……」

何か、言葉を選んでいる風だった。

少し待っているとフィー様が口を開く。

「あのね、僕は凄くアデルのことが好きだよ。それで、アデルも僕のことが好きだよね？」

「ええ、そうね」

「僕はアデルとずっと一緒にいたい。出来たら口付けたり、もっと触れ合ったりしたいって思うんだけど、婚姻前だからまだしちゃいけないこともあるし、どこまでならアデルは許してくれる？」

え、と思わず声が漏《も》れた。

これまで、フィー様と触れ合うことはあったけれど、手を繋《つな》いだり、抱き締めたりくらいで、そこに性的なものは感じられなかった。だからそういうものをあまり感じない人なのだと思っていた。

「ど、どこまでって言われても……。今まで恋人なんていなかったから、どういうことをするのかも、よく分かってないのに……」

「そっか。じゃあ一つずつ訊いて、良いかダメか一緒に考えよう？」

「そうね、それがいいと思うわ」

当然、婚前交渉はダメだ。

「アデルを膝の上に乗せてもいい？」

「フィー様が重くないなら、いいのではないかしら？」

「本当？　やってもいい？」

「ええ、どうぞ」

フィー様がわたしを抱き上げて、自分の膝に乗せる。

横向きにフィー様の足の上に座ることになったのだが、思いの外、顔が近い。

嬉《うれ》しそうなフィー様の笑顔に少しドキリとする。

「触れてもいい？」

「フィー様なら、いつ触れてもいいわ」

そっと頬《ほお》に触れた手が、指が唇を辿《たど》る。

「口付け、してもいい？」

恐る恐る訊かれて、小さく頷《うなず》くと「アデル」と嬉しそうに名前を呼ばれた。

大きな手がそっとわたしの顎を持ち上げ、フィー様の顔が近付いてきたので、目を閉じる。

そのすぐ後に柔らかな感触が唇に触れた。

唇を重ねるというより、本当に唇同士が触れるだけのもので、目を開ければ、フィー様が照れたように微笑んだ。

「アデルと口付けしちゃった」

えへへ、と笑うフィー様は可愛《かわい》かった。

思いを伝えた時にもしたけれど、好きな人との口付けは幸せだ。

「フィー様」

「うん？　なぁに、アデ――……」

フィー様の首に腕を回し、ぐっと体を近付け、そしてフィー様の唇に自分のそれを重ね合わせた。

目の前で、驚きに見開かれる紅がある。数秒重ね、そっと離す。

「これからもわたしが口付けする相手はずっとフィー様だけよ」

途端に息苦しいほど抱き締められた。

「っ、アデル、それはダメでしょ……！」

「ご、ごめんなさい」

「アデルが謝ることじゃないよ。でも、アデルから口付けするのはちょっと控えてほしい、かも。僕、多分、我慢出来なくなるから」

「分かったわ。でも、その、フィー様、少し苦しい……」

「わ、ごめん！」

慌ててフィー様が離してくれて、ホッとした。

でも少し寂《さび》しいと思うのは我が儘だろうか。

「ごめん、どこか痛くない？」

眉《まゆ》を下げて覗《のぞ》き込んでくるフィー様に頷いた。

「ええ、大丈夫」

手を伸ばしてフィー様の頰に触れる。

そうすると嬉しそうにフィー様がわたしの手に頰擦《ほおず》りをして、それが、やっぱりどこか可愛い。

「わたしもフィー様との触れ合いは好きよ。あまり過剰なものはダメだけれど、こうして抱き締めたり、口付けたり、そういうことは今後もしたいと思うわ」

「じゃあ、もう一回してもいい？」

すぐに目を輝かせて訊いてくるフィー様に笑ってしまう。

「もちろん」

そっと、また唇が重なる。

「これって恋人の特権だね」

「そうね」

ギュッとフィー様に抱き着いた。

「わたし、フィー様のことが自分で思っているよりも好きみたいだわ」

「そうなの？　嬉しいなあ。僕もアデルが好きだよ」

わたしの言葉に嬉しそうにフィー様が笑う。

……ああ、フィー様と出会えて良かった。

わたしの言葉に返事をくれる。わたしの気持ちを否定しないで、愛情を返してくれる。

フィー様も、公爵様も、公爵夫人も、フランも、みんなわたしを無視せず、優しく接してくれる。

それがとても嬉しかった。当たり前のことかもしれないけれど、本当に嬉しいのだ。

「フィー様、ありがとう」

「何のお礼か分からないけど、どういたしまして」

フィー様がおかしそうに笑うので、わたしも自然に笑みが浮かんでいた。

結婚式

Chapter.21

そうして、結婚式当日となった。前日からメイド達に全身ピカピカに磨き上げられた。

結婚式を挙げると決めてからも毎日全身をマッサージしたり、髪を整えたり、今日に向けて綺麗《きれい》になるためにメイド達が頑張ってくれた。

訊いてみたらフィー様も同じらしいので、二人して結婚式の準備で疲れてしまったが、それでも今日を迎えられて良かった。自室でドレスに着替え、髪を整え、化粧をしてもらう。

真っ白なドレスは肩口から手首まで詰まっており、上半身全体がレースで覆《おお》われ、スカート部分は逆さまにしたチューリップの花のように何枚かの布を重ねてふんわりと膨らんでいる。

髪飾りも靴もドレスと同じ布地が使われている。差し色の装飾品はルビーだ。

わたしの髪に合わせたわけではなく、吸血鬼の瞳《ひとみ》の紅に合わせた色であり、吸血鬼の結婚式では白いドレスに赤い差し色が一般的なのだとか。手元のブーケは赤いバラだ。

化粧は控えめに、わたしのきつい顔立ちを柔らかくするために今日は少し垂れ目に化粧をしてもらう。髪は左右を少し三つ編みにして、後ろで纏《まと》める。下の髪は緩く巻いて毛先をふんわりさせる。

頭の上には花嫁用のベールをつけた。

全身を整えてくれたメイド達は「やりきった」と言わんばかりに満足げな表情でわたしを見る。

「おかしなところはないかしら？」

と、訊けば「ございません」と返ってくる。

そして、少し待っていると部屋の扉が叩《たた》かれた。

入ってきたのは白い衣装に身を包んだフィー様だった。

互いに、束の間、見入ったのが分かる。

「……フィー様、今日は一段と素敵ね」

そう声をかければ、フィー様の頰《ほお》が少し赤くなる。

「……アデルも、その、凄く綺麗だよ」

「ありがとう」

それがお世辞ではないことは顔を見れば分かる。まるで絶世の美女を前にした純粋な少年みたいに、フィー様がチラチラとわたしへ目を向けては、すぐに視線を逸《そ》らす。

「……僕のお嫁さんが凄く綺麗で可愛《かわい》くて困る……」

ぼそぼそと言われて笑ってしまった。

「わたしの旦那様になる人も、とても格好良くて困るわ。今日の結婚式が身内だけで良かった。もし他の方々まで呼んでいたら、女性はみんな、フィー様に見惚《みほ》れるわね」

「そんなことないと思うけど。むしろ他の貴族を呼ばなくて正解だった。こんな可愛い花嫁さん、きっと狙《ねら》われるよ」

二人で顔を見合わせて、吹き出した。

フィー様が手を差し出した。

「行こう、アデル」

頷《うなず》き、その手に自分の手を重ねる。部屋を出て、玄関まで廊下を進む。

誰《だれ》ともすれ違うことなく玄関まで辿《たど》り着くと、メイドがおり、玄関の扉が開けられる。

同時に、花びらが舞った。

「いってらっしゃいませ！」

使用人達が馬車まで並んでおり、全員が小さなカゴを持っていた。フィー様が笑って歩き出し、それについて行くと、わたし達が通る度に使用人達が花びらを降らせてくれた。

馬車に乗ると使用人達が礼を執る。

馬車がゆっくりと動き出した。

「びっくりしたね」

「フィー様も知らなかったの？」

「うん、見送りはしてくれるって言ってたけど、ああして花を用意してくれるとは思わなかった。綺麗だったね」

それに頷き返す。

「帰ったら、お礼を言わないと」

「どうかなあ。そんな暇、ないと思うけど……」

「？」

それはどういう意味かと見れば、フィー様は訳知り顔で笑うだけだった。

「それより、アデルは体調悪くない？　今日まで忙しかったでしょ？　ちょっと痩せた？」

「体調は悪くないわ。確かにちょっと痩せたけれど、別に不健康で痩せたわけではなくて美容に良いもので痩せただけよ。フィー様こそ大変だったでしょう？」

「うーん、まあね。でも楽しかったよ。ただ毎日飲む美容用のジュースは結構つらくて、女性って大変なんだなあって思い知ったかな」

そう言ったフィー様はいつもより輝いている。結婚を決めてから、公爵夫人が「人生で一番大切な瞬間だから綺麗でなくちゃ」と美容にかなり力を入れた。

おかげでわたしもフィー様も、普段の二割増しくらい整って見える気がする。

「そうね、意外とまずいのよね。慣れてくると美味しく感じられるようになるのだけど、それまでが長くて……」

「僕はこの二月、毎日地獄だったよ……」

そっと手を伸ばしてフィー様の頬に触れれば、甘えるようにすり寄ってくる。

頭を撫でたいが、せっかく格好良く整えてもらっているので、頬を撫でるだけにした。

「そういえば、教会で結婚式を挙げるけれど、吸血鬼も神様に誓いの言葉を立てるの？」

「いや、僕達が宣誓するのは原初の吸血鬼《トゥルーヴァンパイア》にだね。教会なのは人間の結婚式に則《のっと》っているだけだよ。まあ、この大陸の教会は神様と原初の吸血鬼《トゥルーヴァンパイア》の両方を崇《あが》めてるから、教会でやれば両方に誓えていいって話かな」

「そうなのね」

それはそれで面白《おもしろ》いと思う。

そんな話をしているうちに馬車が停まった。

外から扉が開けられ、フィー様が先に降りて、その手を借りてわたしも降りる。

教会の外まで賑やかな声が聞こえてくる。

フィー様曰く「吸血鬼は賑やかで華やかなことが好き」「結婚式などの祝い事も好き」らしく、招待客の吸血鬼達が中で話している声だろうということだった。

「騒がしくてごめんね」

フィー様の言葉に外で待っていてくれた若い神官が苦笑する。

教会は本来、厳かで静かな場所である。

だけど、どうやら今日だけは違うらしい。

「こちらへどうぞ」

神官の案内で教会の中へ入る。賑やかな声が近付いてくると少し緊張してくる。

「大丈夫だよ、アデル」

フィー様が横で微笑んだ。

「みんな、僕達を祝福してくれる」

カツ、と神官の足が止まった。この先は祈りの間で、式の会場なのだろう。

……帰ったら公爵邸で披露宴なのよね。

そう思うと、ここで疲れている暇はない。背筋を伸ばし、顎を引いて、前を向く。

「扉をお開けします。よろしいですか？」

神官の問いに二人で頷く。神官がわたし達の到着を告げた。目の前の扉が開けられた。

高い天井《てんじょう》、ステンドグラスから光が差し込んだ室内は明るく、何より、ふわふわと色鮮やかな小花が宙に浮かんでいる。

驚いて見上げていれば、フィー様が笑った。

「あれ、吸血鬼の能力の一つだよ」

行こう、と促されて赤い絨毯《じゅうたん》の上へ踏み出した。

視線が向けられるけれど、こちらを見る表情は穏やかなものばかりで、敵意を感じる視線はない。

その中にフランとヴァレール様もいた。

一番驚いたのは、祭壇にいた人物だ。

……まさか、陛下がいらっしゃるなんて……！

しかも横には明らかに高位の司祭様もいる。

祭壇の前に立つと、こほん、と陛下が小さく咳払《せきばら》いをする。

「皆、よくぞ集まってくれた。今日のこの良き日に、我が息子イアンとその妻となる女性、アデルのために集まってくれたこと、感謝する。この二人の出会いは——……」

陛下がわたしとフィー様のこれまでについて語る。

もちろん詳細なものではなく、曖昧で詩的な言い回しはどこか吟遊詩人の語りを聞いているようで面白い。

つん、と横からフィー様につつかれた。

「ごめんね、父上もそうだけど、吸血鬼ってこういう格式張ったのが好きで、話が長いんだ」

小声で言われる。

「言い回しがとても面白くていいわね」

「そう？　年寄りの長話、疲れない？」

「わたしは好きよ」

……お祖父様が自分の若かった頃について話す時もこんな風だったから、むしろ懐かしいわ。

「——……そうして、今日、二人は結ばれる。皆よ、どうかこの二人の未来が幸福で満ちあふれることを願い、祝福を授けてくれ」

……祝福？

首を傾げつつ見れば、招待客が胸元《むなもと》で両手を握る。

そしてその手を開けると小さな光の球がふわりと宙に浮かぶ。それぞれ多少大きさに違いはあるものの、柔らかな金色の光だった。

陛下が両手を掲げると光がそこへ集まり、輪となって弾け、わたしとフィー様に雪のように優しく降《ふ》り注《そそ》ぐ。

「……温かい……」

まるで冬の日に暖炉の前で転寝《うたたね》をしている時のような心地好さを感じる。

全身がその柔らかな金色に包まれた。

フィー様も同じように光に包まれている。

その横顔は満足そうに微笑んでいた。

「では、司祭よ、宣誓を」

横にいた司祭様が頷いた。

司祭様が本を開き、神様への祈りの言葉を捧げる。

それは陛下のお話と同じくらい長かった。

「最後に、夫婦の誓いを行います」

フィー様の手がわたしの手を握った。

「新郎イアン＝フェリクス・ナイトレイ、あなたはアデル・ウェルチを妻とし、健やかなる時も、病める時も、喜びの時も、悲しみの時も、富める時も、貧しい時も、これを愛し、敬い、慰め合い、共に助け合い、その命ある限り真心を尽くすことを誓いますか？」

「誓います」

ギュッと手を握られる。

「新婦アデル・ウェルチ、あなたはイアン＝フェリクス・ナイトレイを夫とし、健やかなる時も、病める時も、喜びの時も、悲しみの時も、富める時も、貧しい時も、これを愛し、敬い、慰め合い、共に助け合い、その命ある限り真心を尽くすことを誓いますか？」

その手を握り返した。

「誓います」

誓いなんて、必要ない。

最初からフィー様は真心を尽くしてくれた。

だから今度はわたしが返したい。

「指輪の交換を」

差し出された箱には二つの指輪が並んでいる。

どちらも銀色の土台にルビーがはめこまれていた。

フィー様が小さいほうの指輪を手に取った。

「アデル、左手を出してもらえるかな？」

差し出した左手を恭《うやうや》しく取り、フィー様が、わたしの薬指に指輪を通した。ピッタリだった。

そしてそこに口付けられた。

「……フィー様も左手を出して」

残った大きいほうの指輪を手に取る。

そして差し出されたフィー様の左手の薬指にはめる。

そっと、そこへわたしも口付けた。

……まだ体が温かい。

「それでは、誓いの口付けを」

フィー様の手がわたしの頬に触れる。整ったフィー様の顔が近付いた。

まるで口付けていいか確かめるように、一瞬、フィー様が動きを止めた。

わたしは少しだけ顔を寄せて、目を閉じる。

すぐに唇に柔らかなものが触れた。同時に祝福の言葉と拍手に包まれる。

人数は多くはないけれど、それを補うように大きな拍手と明るい声が祈りの間に響き渡る。

名残惜しそうに離れた感触に目を開ける。

フィー様が幸せそうに微笑んでいた。

「僕の可愛いアデル」

視界が滲《にじ》む。

優しく額が合わせられる。

「君を愛してるよ。そしてこの先もずっと愛すると誓うから」

囁《ささや》くような言葉だけど、しっかりと聞こえた。

あふれてくる涙が止まらない。

伯爵家にいた頃は泣くことすら出来なかった。

でも、今は違う。

わたしを愛してくれる人がいる。愛したいと思える人がいる。

……これからは、この人がわたしの家族……。

もう一度、今度はわたしのほうから口付けた。

「わたしもずっと愛すると誓うわ。……フィー」

目の前の紅が嬉《うれ》しそうに細められる。

そして、ぶわっと体が持ち上げられた。

「ああ、アデル、ずっと一緒にいようね!!」

横抱きにされてくるくると視界が回る。

「え、ちょ、フィー……!?」

あははは、とフィー様の明るく嬉しそうな笑い声がして、見上げれば、本当に嬉しそうに笑っていた。周りの人々も明るい笑い声と拍手を送ってくれる。

ステンドグラスから差し込む光に照らされたフィー様、いや、フィーの笑顔は、とても無邪気で、幸福に満ちた、美しい笑顔だった。

＊　＊　＊　＊　＊

式後、公爵邸に戻るとまた花の雨を浴びることとなった。

「お帰りなさいませ！」

「ご結婚おめでとうございます！」

と、祝福の言葉を沢山かけてもらった。

でも、それに感動する時間はあまりなかった。

今か今かとわたしの到着を待っていたメイド達に部屋へ連れて行かれると、一度化粧を落とし、今度は披露宴用の淡い紫のドレスに着替えてからまた化粧を施される。

……今頃《いまごろ》フィー様、いえ、フィーも同じ状況かしら？

ようやく身支度を整えて部屋を出ると、フィーが待ってくれていた。

「挨拶《あいさつ》に行こうか。父上と母上は忙しいから来られないみたいだけど、他の公爵家のみんなはほとんど来てるって。あと、フランが大泣きして大変みたい」

フィーの言葉に驚いた。

「まあ、フランが？」

「義姉上《あねうえ》が宥《なだ》めてくれているみたいだけど、アデルが会って声をかけたほうが多分、落ち着くんじゃないかな？」

手を繋《つな》ぎ、会場へ向かう。

……まずは公爵様方にご挨拶をしないと……。

なんて思っていたのだけれど、会場に入ってすぐ、フランが凄い勢いで駆け寄ってきた。

「ア、アデル、おめでとう……‼」

そのままの勢いで抱き着かれ、後ろへ倒れそうになったところをフィーが支えてくれた。

フランの後ろからヴァレール様もパタパタと駆けてくる。

「アデル、おめでとう！」

ヴァレール様もひしと抱き着いてくる。

フィーがそれに困ったように笑った。

「フラン、泣きすぎ」

「だって、結婚ですのよっ？　しかも、アデルは吸血鬼へ転化するのでしょ？　同族は家族よ！　喜ぶのは当然ですわ!!」

抱き締められてわたしは笑ってしまった。

「ありがとう、フラン。わたしも凄く嬉しいわ。吸血鬼に転化しても仲良くしてね」

「もちろんよ！」

それから、フランが泣き止《や》むまでが大変だった。

でもフランのおかげで他の公爵家の方々のほうから話しかけてくださって、あまり緊張せずに話すことが出来た。

他の公爵家の方々は一度夜会でご挨拶しているけれど、やはり穏やかで優しい人ばかりだった。

結婚式も披露宴も滞りなく進み、そして、招待客の見送りを済ませる頃には夕方になっていた。

「……ちょっと疲れたね」

苦笑するフィーに頷く。

「結婚って思った以上に大変だったわね」

「でも、今日からアデルは僕の奥さんだね？」

「そうね、わたしの旦那様」

返事がなくて見上げれば、フィーの顔が少し赤い。

「旦那様って響き、なんか照れるね」

気恥ずかしそうな表情を見せるフィーは可愛かった。

吸血鬼への転化

Chapter.22

そうして会場の片付けを使用人達に任せた後。

わたしは自室へ戻り、入浴を済ませていた。結婚式は終わったというのに今日も隅々まで磨き上げられ、丹念にマッサージをされ、そして薄く化粧をされる。

「あら、化粧？」

「ええ、本日は初夜ですから」

と、さらりとメイドに返されて急に気恥ずかしくなった。

……ああ、そう、そうよね、結婚後の初めての夜だもの。

そういえば夜着もいつもの柔らかなものではなく、透けるほど薄い生地とレースのものだった。

その上にやや厚手のガウンをかけられて、少しホッとした。

髪ももう一度巻き直されてから、メイドに導かれて部屋を出る。廊下には人気が全くない。

ついて行った先はフィーの部屋だった。

……入るのは初めてだわ。

メイドが扉を叩《たた》き、中から返事があって、扉が開けられる。

小さく深呼吸をして室内へ入る。

背後で静かに扉が閉められた。

「アデル、こっちにおいで」

薄暗い室内の中、ベッドの縁に腰掛けたフィーが手招きをする。

明かりはサイドテーブルにあるランタンのみだが、それが結構明るいので、足元も見えている。

夜着が見えないようにガウンの前を合わせつつ近付けば、フィーが横を叩くので、並ぶようにベッドへ腰を下ろす。

「あ、ワインは飲める？」

「ええ、飲めるわ」

「じゃあ、これどうぞ」

目の前でグラスにワインが注《そそ》がれて、手渡される。

受け取ったグラスに口をつける。

赤ワインは瑞々《みずみず》しい葡萄の香りと酸味、ほどよい甘み、そして最後に少し渋さを感じた。

次に差し出されたのはチョコレートだった。

ほろ苦いチョコレートは濃厚で、でも甘い。

「美味《おい》しいわ」

フィーが笑う。

「良かった。僕、このちょっと甘い赤ワインが一番好きなんだよね。白だと甘すぎるし、これ以上甘みのない赤は渋すぎるし。兄上には子供っぽいって言われるけどね」

「わたしも嗜《たしな》みとして飲むことはあるけれど、赤の少し甘いくらいが好きよ。子供の頃は冬の夜にたまに飲むホットワインも好きだったわ」

「分かる！　あれ、凄く体が温まるよね」

また差し出されたチョコレートを食べる。

フィーもグラスにワインを注ぐと飲み始めた。

「……初夜と言っても、すぐにするわけではないのね」

横から、ぐふっ、と咽《む》せる音がした。

それに驚いたが、小さく咳《せ》き込むフィーの背中をすぐにさする。

けほ、と咳《せき》をしつつもこちらを見た紅い瞳《ひとみ》は少し涙目だった。

「ア、アデルはすぐにしたかった……？」

そう訊かれて驚いた。

「え？　いえ、そうではなくて、少し緊張していたから。その、わたし、恋愛もそうだけど、そういうことに疎くて。きちんと出来るかしらと思って……」

「一応訊くけど、閨《ねや》の教育は？」

「どうしたら子供を授《さず》かるかは知っているわ。ただ、教えてくれた女家庭教師《カヴァネス》は『相手の男性に身を委《ゆだ》ねてお任せするように』と言っていたわね」

フィーが黙ってしまった。

「ごめんなさい、きちんと学んだほうが良かったかしら？」

貴族にとって子を生《な》すというのは大事な責務である。

それなのに、ほとんど知らないというのは問題だろう。

「あー、いや、うん、勉強はしなくていいよ」

咽せたせいか少し赤い顔でフィーが言う。

「それに、これから僕達の迎える初夜は普通の人間同士のものとは違うと思うし」

「そうなの？」

「多分ね。その話もしようと思って待ってたんだ」

フィーの手が、わたしの手から空になったグラスを取り、自身のグラスと共にサイドテーブルへ置く。

……その話って何かしら？

こちらへ顔を戻したフィーがわたしの手を握る。

「アデルの吸血鬼への転化は今日するよ。色々条件が必要なんだけど、初夜と共に行うのが一番効率的だからね」

ジッと見つめられて、頷《うなず》き返す。

「分かったわ」

「転化したら、もう引き返せないよ？」

「結婚した時点でもう引き返せないでしょう？」

「そうだね、僕はアデルを逃してあげるつもりはない」

そのままギュッと抱き締められる。

薄着なので、触れたところから体温を感じた。

「吸血鬼への転化についてもう一度説明するね」

人間が吸血鬼へ転化すると、まず外見が変わる。

顔立ちなどは変わらないものの、髪は銀髪に、瞳は紅色へと変化する。

次に寿命が延び、人間よりも頑丈で健康な体を手に入れる。

ただ、眷属《けんぞく》を生み出したり、翼を出して空を飛んだりは出来ないらしい。精々、練習しても少し火を灯したり風を吹かせたり、その程度の能力しか使えないだろうということだった。

「人間から転化した吸血鬼は混血種《ダンピール》とはまた違うんだ。寿命だけなら僕達純血種と同じくらいになると思う」

ちなみに人間から吸血鬼になった者は転化者《シフター》と呼ばれるらしい。

『種』ではなく『者』と表現されるのは、滅多にいないからだそうだ。それに自然に生まれる種ではないのもある。

「それから、転化方法なんだけど……」

転化方法は二つあるそうだ。

一つは、吸血行為による転化。

これは一度吸血により対象の体内の血を減らし、そこへ吸血鬼の魔力と呼ばれるものを注ぎ入れる。

魔力は吸血鬼の能力を使う源であり、それを人間に注ぎ込むことで、人間の体を吸血鬼のものへ作り替えるらしい。

もう一つは、吸血行為と体液による転化。

こちらも一度吸血により対象の体内の血を減らし、そこへ吸血鬼の魔力を注ぐ。

違いは、その後、更に魔力とは別に吸血鬼の体液を与えるかどうかということだった。

「この二つの転化だけど、大きな違いが一つあるんだ」

前者の吸血と魔力注入による転化は比較的簡単だが、この方法で転化した者は、転化させた吸血鬼に従属することとなってしまう。

対して、後者の吸血、魔力注入と体液を与える転化は少々手間はかかるものの、転化した者は、転化させた吸血鬼に従属することはない。

「だから後者の転化にしようと思うんだけど、いいかな？」

「ええ、もちろん。でも、一つ疑問があるわ」

「なぁに？」

この転化の方法、一つ問題がある。

「吸血鬼の掟では他者に血を分け与えるのは禁止されているのよね？　そうだとしたら、体液を与えるのは難しいのではないかしら？」

それとも、別の方法で血を分け与えられるのか。

フィーがピタッと固まった。

その顔がまた赤く染まる。

「それは、その、これから僕と君は初夜を迎えるわけで、そういうことをすれば、僕の体液を、君に与えることが出来るわけで……」

どこか曖昧な言い方に首を傾げてしまう。

「まあ、そうなの？　血を飲むのとは違うということ？」

「それはそうだけど……。アデル、子供がどうやったら出来るかは知ってるってさっき言ってなかった？　なんて習ったの？」

「愛し合って、女性が男性を受け入れればいいのよね？　夫婦以外でそれを行うのは最低で、純潔を重んじる貴族の女性にはあるまじき行為とも聞いたわね」

だからティナが妊娠したと聞いた時は色々な意味で衝撃的だった。

夫婦でしかしてはいけない行為をティナ達は行い、子が出来た上に、それを理由に婚約破棄だなんてあまりにも酷《ひど》く、妹と元婚約者の裏切りは最低であったと今ならハッキリ言える。

あの時は怒りよりも、裏切られた悲しみや未来を潰《つぶ》されたことで不安と恐怖を感じ、それで頭がいっぱいだった。

そっとフィーの手がわたしの頬《ほお》に触れる。

「うーん、間違ってはないけど……」

フィーが苦笑した。

「言葉で説明するより、実際に経験したほうがいいかもね」

そう言って、口付けられる。

二度、三度と触れた後、唇が離れた。

そっと、促すようにベッドへ押し倒される。

しかしその手つきは優しくて、これからのことを怖いとは思わなかった。

「血を吸うよ」

優しく首筋を撫でられたので、噛《か》みやすいように頭を傾けて首筋を晒《さら》せば、フィーがそこへ顔を寄せる。

ちゅ、と首筋に口付け、そして、がぷりと噛みつかれた。

肌に何かが突き刺さる鈍い痛みを感じたものの、それは一瞬で、すぐにくすぐったいような不思議な感覚がした。

血を吸われているからか指先から体が冷えていく。

ゴクリと嚥下《えんか》する音がして、吸血鬼は本当に血を飲むのね、とどこか感動に近い心持ちだった。

しばらくの間、フィーはわたしの血を吸った。

手足が完全に冷え切った頃、首筋から顔を上げたフィーが、はあ、と熱い溜《た》め息《いき》をこぼす。

「……どうしよ、アデルの血、凄く美味しい……」

少し掠《かす》れた声にドキリとする。

「ごめんね、血が減ったからつらいよね？　今度は魔力を注ぐから。……それが終わったら初夜にしよう」

小さく頷けば、また首筋に噛みつかれる。

そして、首から何かが体内へ入ってくる感覚があった。

熱いような、冷たいような、でも、やはり熱い。

熱が肩を通り、腕に通り、指先が温《あたた》まっていく。

胸元《むなもと》から腰へ落ちていく感覚は、まるで何かに体の内側を撫でられているようで落ち着かない。

思わず身動《みじろ》いだわたしの肩をフィーが摑《つか》んで押さえつける。乱暴さはないものの、全く動けない。

その熱のせいか、頭がぼうっとして息が上がる。

注ぎ込まれた熱は全身を巡り、けれど行き場がなく、体の内側でモヤモヤと溜まっていった。

体調を崩して出る熱とは違う。

くすぐったくて、モヤモヤとして、熱くて、よく分からない寂《さび》しさと息苦しさを感じる。

何かが足りない。この熱をどうにかしたい。

フィーが首筋から口を離し、噛んだ場所をぺろりと舐《な》める。

「っ、フィー、あついわ……」

ギュッとフィーにしがみつく。

「……大丈夫、全部僕に任せて」

ガウンにフィーの手がかけられる。

「アデルのこと、大事にするから」

……フィー……。

その後のことはよく覚えていない。

フィーから与えられる初めての感覚に、わたしはただただ翻弄されるしかなかった。

＊　＊　＊　＊　＊

深夜、月が大分傾いた頃。

気絶するように眠った新妻を抱き締めたまま、イアンはその時を静かに待っていた。

最初に吸血し、魔力を与え、初夜を迎えた。

吸血で大量の血を失ったアデルだが、魔力を注ぎ入れたことで酩酊《めいてい》状態になったようで、行為の最中は痛がることも苦しむこともなくイアンを受け入れてくれた。

……可愛《かわい》かったなあ……。

出来ることならもっと愛し合いたいが、これから体が吸血鬼へ転化する。

これ以上の無理は良くないだろうと我慢した。転化が始まっても、見た目はまだ変わっていないが、その体内で大量の魔力がアデルの体を作り替えていることは感じ取れる。

眠っているアデルの様子からして苦痛はないのだろう。

規則正しく呼吸しているアデルの肌の色素が薄くなっていく。

鮮やかな赤い髪の色が、眉《まゆ》や睫毛《まつげ》の色が、段々と薄くなっていく様子は少し残念だった。

……アデルのこの赤い髪、好きなんだけど仕方ない。

幸い、アデルは髪を切る決心をしてくれたため、赤い髪は鬘《かつら》として残る。

見たくなったら、アデルに鬘をつけてもらえば、また赤い髪のアデルに会えるだろう。

赤い髪の色素が抜けて銀髪へ変化する。

恐らく瞳の色も濃い緑から、吸血鬼特有の紅いものへと変わっていると思う。

アデルの体を変化させた魔力は、アデルの全身に均等に広がり、馴染んでいく。

……ちょっと魔力入れすぎちゃったかな？

そっと、銀色になったアデルの頭を撫でる。

「……これでアデルも吸血鬼だね」

抱き寄せて、ごめんね、と囁《ささや》く。

アデルには言わなかったが、行為によって体液を与え、転化させると二度と人間には戻れない。

吸血と魔力を注いだだけならば人間に戻す方法がある。

でも、体液まで与えてしまうと、魔力が完全に体に定着して、人間に戻れなくなる。

……ごめんね、アデル。君が思うほど僕は『良い人』じゃない。卑怯《ひきょう》で、最低で、臆病だ。

「僕は君を捨てたりなんてしないから」

眠るアデルに口付ける。

「どうか僕のことを捨てないで、アデル」

アデルを抱き締める。

肌と肌とが触れ合う感触と温《ぬく》もりが嬉《うれ》しくて、切なくて、だけど罪悪感は湧《わ》かなかった。

イアンは吸血鬼である。それも、始祖の血が濃く出た先祖返りだ。

……ああ、そっか……。

原初の吸血鬼《トゥルーヴァンパイア》とその妻がどうして永き眠りについたのか理解した。長い時間を生きて、生きることに飽きてしまって。

それでも離れることだけは出来なくて。愛しているからそばにいたい。

だから、二人で眠りについた。誰《だれ》にも邪魔されない二人だけの世界。

「ねえ、アデル、僕はきっと君しか愛せない」

アデルが吸血鬼へ転化すると決めた時、嬉しかった。

人間の生を捨てても良いと思うくらい、自分のことを愛してくれているのだと思えたから。

アデルは愛に飢えていた。だからイアンは愛を与え続けた。

与えて、与えて、溺れるほどに浸してしまえば、きっと手の中に堕ちてくる。

その瞬間を待っていた。

アデルはそれに気付いた風ではあったが、それでも、最終的にはイアンの下に堕ちてきてくれた。

「……僕の可愛いアデル……」

これからも全力で愛すると誓うから。

「永遠に僕の奥さんでいてね」

吸血鬼は愛を謳う

Chapter.23

「ねえ、フィー」

今日はフランとヴァレール様が遊びに来る予定だ。

昼食を摂ったものの、二人が訪れるまで時間がある。

「なぁに、アデル？」

わたしが声をかけると横にいたフィーが訊き返した。

その紅い瞳《ひとみ》が愛おしげに細められるのを見ると、幸せだなと感じる。

「最近、蝙蝠の姿にならないの？」

「え？　ああ、だってもうアデルと寝室も一緒だし、必要ないから」

「あの蝙蝠の姿のフィーも可愛《かわい》くて好きだったから、見られなくてちょっと寂《さび》しいわ」

格好良いフィーもいいけれど、掌に乗るくらいの可愛らしい蝙蝠の姿のフィーも癒《いや》される。

ふと、それで最初の頃に交わした会話を思い出した。

吸血鬼は体の一部を使って眷属《けんぞく》を生み出すことが出来る。

わたしは純血種ではないので、吸血鬼になっても眷属を生み出すことは出来ない。

公爵様によると混血種《ダンピール》よりは能力が高いらしいけれど、純血種ほどではないそうだ。

……でも、まだ吸血鬼になったって実感が湧《わ》かないのよね。

「アデルは蝙蝠の僕をよく可愛がっていたよね～」

くすくすと笑うフィーが「そうだ」とソファーの背もたれから体を起こす。

「眷属ってね、蝙蝠以外にもいるんだよ。人によって眷属は違うけど、僕の場合は一番得意なのが蝙蝠で、次が狼なんだ」

「狼？」

「そう、見てみる？」

少し考えて、頷《うなず》いた。

「見てみたいわ」

フィーがニコリと微笑み、わたしのこめかみに口付けてから立ち上がる。

ぶわっと黒い霧のような影にフィーが覆《おお》われた。

思わず目を閉じると「アデル」と声がした。

それに目を開ければ、足元に大きな狼が座っていた。

「……真っ黒なのね」

そう呟《つぶや》いたわたしに狼のフィーが笑った。

『確かに何でだろうね？　吸血鬼の姿の時は銀髪なのにね』

大きな狼だけれど、怖くはない。

その瞳は普段のフィーと同じ鮮やかな紅色だった。

……凄く毛並みが良さそう。
「触ってもいい？」
『もちろん、どうぞ』
触りやすいようにフィーが頭を下げてくれて、そっとその頭に触れる。
もふ、と柔らかな感触がした。見た目以上に毛足が長いらしい。
しかし絡《から》んだ様子はなく、撫でてみればさらりと指通りが良い。
つい、両手でもふもふと狼のフィーの顔や首辺りを撫でまわしてしまう。
『あはは、くすぐったいよ』
と狼のフィーが笑ったことで我へ返った。
「あ、ごめんなさい、触りすぎたかしら？」
手を離すと、その手に鼻先を押し当てられる。
『それは大丈夫だけど。……そうだ、アデルこっちに来て』
フィーが立ち上がり、ソファーを跨《また》いで暖炉の前に座った。
わたしもソファーを迂回《うかい》して近寄れば、絨毯《じゅうたん》の上で、フィーがごろりと横になる。
ふさふさの尻尾《しっぽ》で自分のお腹《なか》を軽く叩《たた》いて見せた。
『はい、アデル、ここに寄りかかって座ってみて』
促されるまま、狼のフィーのお腹の横に座る。
ふさふさの尻尾が器用に動き、わたしを自分のお腹へ寄りかからせた。

……あ、凄いふわふわ……。

頭や首回りもふさふさだったが、お腹周りの毛並はより柔らかく、ふわふわで、まるで雲に包まれているかのようだった。それに狼の姿になっても香水らしき良い匂《にお》いがする。

『どう？　ふわっふわでしょ？』

「ええ、とってもふわふわね。……気持ちいい」

もふ、とお腹に顔を埋めれば、尻尾も寄せられて、もふもふに包まれる。

温かくて、ふわふわもふもふで、良い匂いがして。

「このまま寝たらいい夢が見られそうね」

フィーが小さく笑った。その揺れが伝わってくる。

『フラン達が来るまで、お昼寝しててもいいよ。時間の前に起こすから』

あやすように尻尾が緩く、ぱたん、ぱたんとわたしに触れる。

その言葉に甘えて、わたしは少しだけ昼寝をすることにした。

＊　＊　＊　＊

小さく聞こえる寝息に耳を澄ませる。

そっと顔を覗《のぞ》き込めば、自分の黒い毛並みの中でアデルが眠っている。

気持ち良さそうな寝顔につい、笑みが漏《も》れた。

……可愛いなあ。

いくら中身が僕だとしても、普通は狼を怖がるだろう。

しかしアデルは怖がることなく狼の僕に触れた。

こうして自分の毛皮で安心しきった様子で眠るアデルを見ているとホッとする。

初めて出会った頃の、全《すべ》てを諦《あきら》めたような目はもうしなくなった。

それがとても嬉《うれ》しかった。

愛する人を支えることが出来て、幸せそうな姿を見られて。

もしアデルがいなければ、自分もこんな幸せな気持ちは抱けなかった。

『生まれてきてくれてありがとう、アデル』

亡くなったエドの分まで、いや、それ以上に愛すると誓うから。

＊　＊　＊　＊　＊

もふもふな狼のフィーを堪能しながらお昼寝をした後。

起こしてもらい、身支度を整えた頃にフランが到着した。

顔を合わせるとフランが微笑んだ。

「アデル、イアンお兄様、招いてくださって嬉しいわ」

その後ろからひょこりとヴァレール様が顔を覗かせる。

「こんにちは！　イアン兄《にい》、アデル！」

ヴァレール様がパッと明るく笑った。

二人にわたしも微笑み返す。

「ようこそ、フラン、ヴァレール様」

「結婚式の時は出席してくれてありがとう、二人とも」

フランがわたしを見て、嬉しそうに目を細めた。

ヴァレール様も目を輝かせている。

「アデルの銀髪、綺麗《きれい》ね」

「わあ、アデルもきゅうけつきになったのっ？」

吸血鬼に転化して一月が過ぎた。

わたしは赤髪から、ほんのり赤みがかった銀髪へ、濃い緑の瞳はフィーとよく似た鮮やかな紅い瞳へ変わった。肌も色白になって、でも、見た目の変化はそれくらいだ。

体も吸血鬼となったものの、まだあまり実感はない。

でも、確かに体は吸血鬼へ転化しているらしい。

転化した後の体はとても軽く、気分もいい。

もう死にたいという気持ちもなくなっていた。

「そうだよね、アデルの髪ってほんのり赤みがかってて綺麗なんだ。瞳も綺麗な紅になったから、なんだかイチゴを想像するんだよね」

フィーがわたしの頭を撫でる。

「イチゴ、ぼくも食べたーい！」

「あはは、用意してあるから部屋に行こうか」

「はやく食べたい！　イアン兄、あんないして！」

ヴァレール様に手を取られ、フィーが屋敷へ入っていく。

フランがわたしのそばに来た。

「不調はないかしら？」

訊かれて、頷いた。

「ないわ。むしろ今までで一番体調がいいわ」

「そう、それなら良かったわ」

先に駆けていったフィーとヴァレール様の後を追って、フランと共に屋敷の中へ入る。

応接室まで案内しながらフランと話す。

「披露宴の後、大丈夫だった？　あの日、凄く泣いていたから帰ってから大変だったのではない？」

「そ、それは……まあ、さすがに泣きすぎて一日、目が腫《は》れてしまって大変でしたわ」

「でも、それほど喜んでくれて嬉しかったわ。ありがとう、フラン。わたし、あなたが大好きよ」

フランが立ち止まる。振り向けば、少し頬《ほお》の赤いフランがいた。

首を傾げるとフランが近付いてきて、ギュッと手を握られる。

「わ、わたくしもアデルのことが大好きよ！」

照れているのか不機嫌そうに眉根《まゆね》を寄せて、ツンとすぐに顔を背《そむ》けたけれど、チラリとこちらを見つめてくる。その仕草が可愛らしくて、わたしはそっと抱き締めた。

「これからも友達でいてね、フラン」

「ええ、もちろんよ」

フランがわたしの手を取った。繋《つな》いだ手はフィーのものよりもずっと小さくて、細くて、たおやかだったけれど、とても温かかった。二人で手を繋いだまま応接室へ向かう。

応接室の扉を叩き、開ける。

先に来ていたフィーとヴァレール様がこちらを向いた。

「あ、フラン姉《ねえ》、ずるい！　ぼくもアデルと手をつなぐ!!」

立ち上がったヴァレール様が駆け寄ってくると、空いているほうの手を取った。

「あら、両手に花ね」

ヴァレール様に手を引かれてテーブルのそばへ行く。

三人がけのソファーに揃《そろ》って座った。

「じゃあ、僕は後ろから」

立ち上がってこちらに来たフィーが、後ろから、ソファーの背もたれを越えて抱き着いてくる。

右手にヴァレール様、左手にフラン、後ろからフィー。

しかも左右のフランとヴァレール様も身を寄せてきて、ギュギュギュッと三人に挟まれた。

「もう、三人ともくすぐったいわ」

わたしが笑うと三人も笑った。

「だって二人ばっかりアデルにくっついてるんだもん」

「あら、わたくしはアデルのお友達だからいいじゃない」

「ぼくもアデルとともだち！」

なんて、三人が言う。

「アデルはぎゅー、いや？」

ヴァレール様に訊かれて首を振る。

「いいえ、好きですわ」

「ぼくもすき！　うれしいから！」

「そうですね、ギュッとするのも、してもらうのも嬉しいです」

フィーが後ろから覗き込んでくる。

「じゃあもっとギュッってしていい？」

横からフランが言う。

「イアンお兄様はいつでもアデルと一緒じゃない。わたくし達だってもっとアデルと過ごしたいわ」

「ええ、アデルは僕の奥さんなのに……」

「心の広い夫はこれくらい許すべきではなくって？」

「僕はそんなに心は広くないけどね」

ぽんぽんと交わされる会話がおかしくて、また笑ってしまう。

「みんな、大好きよ」

こうして幸せでいられるのはみんなのおかげだ。

フィーも、フランも、ヴァレール様も笑う。

笑顔に笑顔が返ってくることが幸せだった。

伯爵家にいた頃はどんなに望んでも得られなかった愛だが、ここでは、誰もが優しく、愛を与えてくれる。

だからこそ、わたしもみんなを愛したい。

……そう、これからの人生は、愛し愛される喜びに満ちている。

書籍限定書き下ろし

アデルの好きなもの

Chapter.EX

結婚後、分かったことがある。

アデルは眷属《けんぞく》に変化した僕の姿が好きらしい。

眷族とは、現在では吸血鬼《ヴァンパイア》が体の一部や全身を変化させて、蝙蝠や狼などの動物になったもののことを言う。

遥か昔には血を分け与え、混血種《ダンピール》にして支配下に置いた者のことも眷族と呼んでいたようだが、今は吸血鬼達の間でその行為自体を禁じている。

それはともかく、アデルは僕が蝙蝠や狼になるとよく撫でてくれたり、抱き締めてくれたりする。

蝙蝠は可愛《かわい》くて、狼はモフモフしていいのだとか。

……どれも同じ僕なのに。

人型でいる時よりも、眷属の姿でいる時のほうが、アデルはよく触れてくれる。嬉《うれ》しいけれど少し不満もあった。

『ねえ、アデル』

アデルは蝙蝠の姿の僕をギュッと抱き締めている。

「なぁに、フィー？」

返事をしながらアデルが僕に頬擦りをする。

……うん、これはこれで悪くない。

ややペット扱いされている気がしないでもないけれど、普段は僕がアデルを抱き締めたり、頭を撫でたりしているので、こうしてアデルに頭を撫でてもらえるのはとても嬉しい。

『アデルは僕がこうやって変化しているの、好きだよね？』

「ええ、好きよ。だって可愛いもの」

『人の姿の僕は可愛くないから？』

訊き返せば、アデルがキョトンとした顔をした。

それからアデルは微笑み、僕の頬に口付ける。

「普段のフィーのほうが可愛いわ」

本当かと、人型に戻ってアデルを見る。

「でも、この姿の僕は君より大きいよ？」

「そうね、でも、可愛いって外見のことだけではないの。仕草とか、性格とか、色々あるでしょう？」

アデルの言いたいことは分かるが、男の僕が可愛いというのはどうしてもよく分からなかった。

うーん、と考えているとアデルが小さく笑った。

「フィー」

笑いながら、アデルが自分の膝《ひざ》を叩《たた》いた。

誘われるまま、そこに頭を置くと、アデルの手が僕の頭を撫でた。細い手に優しく、丁寧に撫でられると幸せな気持ちになる。

「そういうところが可愛いのよね」

と言われて、今度は僕がキョトンとしてしまった。

「アデルは僕が甘えると可愛いの？」

……それなら、もっと甘えても嫌がられない？

見上げれば、アデルがおかしそうに笑う。

「そうね、フィーに甘えられると可愛いと思うわ。フィーだって、わたしが甘えるとすぐに『可愛い』って言うでしょう？　きっと同じよ」

「じゃあもっと甘えようっと」

頭を撫でるアデルの手を取り、頬擦りをする。

細い手に優しく頬を撫でられる。

その手つきには覚えがあった。

蝙蝠の時も、狼の時も、僕を傷つけないように、痛い思いをさせないように、いつだって柔らかく撫でてくれる。

頭上にはアデルが優しく微笑んでいる。

吸血鬼に転化して、赤くなった瞳《ひとみ》が愛《いと》おしそうに細められた。

伸ばした手で、アデルの髪に触れた。

元々は赤く美しかった髪は、赤みがかった銀髪になり、どこかイチゴを思い起こさせる。美味《おい》しそうな可愛い色だった。

アデルの膝から起き上がり、アデルに顔を寄せれば、赤い瞳が慣れたふうに閉じられる。

それは口付けをしても良いという許しでもあった。

口付けるとアデルにギュッと抱き寄せられる。

「……それに、蝙蝠や狼のフィーでは、こういうことも出来ないわ。眷属の姿も可愛いけれど、わたしが一番好きなのはこの姿のフィーよ」

微笑むアデルに嬉しくなってくる。

「だけど、狼のフィーと暖炉の前でお昼寝をするのも、蝙蝠のフィーとティータイムを過ごすのも、わたしにとっては全部、大好きなあなたとの時間なの。フィーの様々な姿が見られてわたしは嬉しいわ」

そう言われて、僕は少し反省した。

アデルは蝙蝠や狼の姿の僕のほうが好きなのかも、と疑ってしまったのが申し訳ない。どちらも僕自身なのに、アデルの態度が違うから、つい嫉妬《しっと》してしまったのだ。

「そうだよね、どっちも僕だ」

「そうよ。他の吸血鬼の皆様が同じように蝙蝠や狼の姿になったとしても、フィーにするような触れ合い方はしないわ」

アデルを抱き寄せれば甘い香りがする。

メイド達が気を利《き》かせてそうしているのか、微《かす》かに鼻先をくすぐるその匂《にお》いはイチゴによく似ている。甘くて、ほのかに酸っぱくて、いつまでも抱き締めていたくなる良い匂いだ。

……ヴァレールが美味しそうって言うのも分かるなあ。

吸血鬼にとって『美味しそう』と感じることは褒め言葉だ。

遥か昔の吸血鬼は人間の血をよく吸っていた。美味しそうというのは吸血鬼にとって、魅力的だという意味である。

ヴァレールに関しては恋愛的な意味合いではないが。

「わたしはフィーが一番好きよ」

今度はアデルのほうから口付けられた。

＊　＊　＊　＊　＊

膝の上にフィーの頭がある。

横向きになっているからか、機嫌が良さそうにわたしの太ももに頬擦りをする。ちょっと恥ずかしいが嫌ではない。

その頭を撫でると、しばらくして寝息が聞こえてきた。

フィーはわたしを甘やかしてくれる。

それはとても嬉しいけれど、わたしもフィーを甘やかしたい。頼られたいし、心をもっと許してもらいたいし、甘えるフィーは可愛くて好きだ。

夫婦になったのだから、フィーだってもっとわたしに甘えてもいい。そうしてくれたらわたしも嬉しい。

「自分に嫉妬するなんて……」

そういうところも可愛いのだが、フィーは分からないようだ。

蝙蝠のフィーも狼のフィーも可愛い。

蝙蝠の姿は小さくて、愛嬌たっぷりで、フィーもたまに自分の蝙蝠の姿が可愛いと分かっていて、お尻《しり》を振ったり踊ってみせたりしてくれるから余計に好きなのだ。

狼の姿は格好良くて、凛々《りり》しくて、でも肉食獣の姿でもフィーの優しさを感じる仕草や眼差《まなざ》しを感じられるから、安心して抱き着いたり撫でたりすることが出来て好きだ。

でも、それは『フィーだから』である。

他の吸血鬼が同じように姿を変えて、可愛い姿になれたとしても、それはフィーではないし、わたしは手を出さない。

わたしがフィーに愛されたいと思うように、フィーもわたしに愛されたいと思ってくれているのだろう。

それが、とても嬉しかった。

「たとえフィーがどんな姿でも、あなたが好きよ」

よしよしとフィーの頭を撫でていると、ごろりとフィーが仰向《あおむ》けになった。キラキラと輝く紅い瞳が見つめてくる。

「アデル、それ本当？」

先ほどまで寝ていたとは思えないほどハッキリとした声だ。

元よりフィーは寝起きもわりとこうだけれど、その様子からは微塵も眠気を感じられない。

「もしかして起きていたの？」

「ちょっとは寝てたよ。でも、寝ていても周りの音がそれなりに聞こえてるんだ。そういう体質なんだよね」

フィーにジッと見上げられる。

「アデルはどんな姿の僕でも好きでいてくれる？」

子供みたいに純粋な、けれども熱心な視線に頷《うなず》いた。

「ええ、わたしが愛しているのはあなただけよ」

フィーの手が伸びて、わたしの頬に触れる。

「僕も、どんな姿のアデルも好きだよ」

「ありがとう」

わたしはあくまで元人間の吸血鬼だから、混血種《ダンピール》よりは吸血鬼に近い能力が使えるらしいけれど、
それでも眷属の姿にはなれないようだ。

……わたしも蝙蝠や狼になってみたかった。

そうしたら、同じ蝙蝠や狼の姿のフィーと空を飛んだり、広い場所を駆け回ったり出来たのに。

残念だ。

起き上がったフィーの額に口付ける。

「愛してるよ、僕の可愛いアデル」

たとえどんな姿でも、わたしの愛する旦那様はフィーだけだ。

あとがき

初めましての方は初めまして、ご存じの方はこんにちは。早瀬黒絵です。

またまた新しい小説を出させていただくこととなりました。

本書をお買い上げいただき、ありがとうございます！

アデルとフィーの物語が書籍化となり、麗しい絵を描いていただけて本当に嬉しく、可愛い二人を見ることが出来て感無量です。表紙からして最高でした。

Ｗｅｂ版より少し加筆修正しており、更に二人の魅力が増したと思います。

アデルは原作より少し柔らかくなって、フィーとの時間も増え、二人の信頼関係にもより深みが出て、ざまあもきっちり出来ました。原作を読んだことがある方は、ｗｅｂ版との違いを探して楽しむというのも面白いでしょう。

書籍化作業を進めつつ、二〇二三年は色々なことがありました。

家族が入院や怪我をして、知り合いが入院してと書き切れないほど……。

「厄落としとしたほうがいいのかなあ」

と、家族と話すくらいでしたが、とりあえず私は健康です。

大した自慢ではありませんが、今まで骨折とインフルエンザだけは回避し続けています。

その代わり、軽い風邪にはちょこちょこかかるのですが（苦笑）。

でも、二〇二三年は悪いことばかりの年でもありません。

他作品などもいくつか書籍化させていただき、むしろ私にとっては良い年でした。

家族の入院も、重症化する前に治ったことや怪我も問題なく手術が終わったことなど、家族の件でも考え方によっては酷くならなくて良かったなと感じております。

何より、二〇二四年もこのように書籍を出すことが出来てホッとしています。

皆様も、どうぞお体に気を付けて健康にお過ごしください。

もしお体に少しでも違和感や不調がある時は、迷わず病院へ行ってくださいね。

放っておくと大変なことになりますので（汗）。

家族、友人、小説を読みに来てくださる皆様、出版社様、担当様、イラストレーターの先生、そしてこうして本を購入してくださる皆様のおかげで、本書を出版することが叶いました。多くの方々に支えられてこのようにありがたいお話をいただけていると思います。

改めまして、いつも本当にありがとうございます！

趣味から始まった小説のお仕事で、沢山の方と繋がることが出来て幸せです。

皆様とどこかでまた出会えることを願って。

二〇二四年　早瀬黒絵

GAノベル

死にたがり令嬢は吸血鬼に溺愛される

2024年3月31日　初版第一刷発行

著者　早瀬黒絵

発行者　小川 淳

発行所　SBクリエイティブ株式会社
〒105-0001　東京都港区虎ノ門2-2-1

装丁　AFTERGLOW

印刷・製本　中央精版印刷株式会社

ISBN978-4-8156-2151-3
Printed in Japan

ファンレター、作品のご感想をお待ちしております。

〒105-0001　東京都港区虎ノ門2-2-1
SBクリエイティブ株式会社
GA文庫編集部 気付

「早瀬黒絵先生」係
「雲屋ゆきお先生」係

本書に関するご意見・ご感想は
下のQRコードよりお寄せください。
※アクセスの際に発生する通信費等はご負担ください。

https://ga.sbcr.jp/